「一緒に寝たいんですよね、せんぱい？」と甘くささやかれて今夜も眠れない2

丼森奇恋

JN049416

ファンタジア文庫

3317

口絵・本文イラスト　むにんしき

第一話「先輩の一番の弱点である耳を、重点的に攻めまくります」

このままでは一人称が『拙僧』になってしまう……ッ！

脳内で般若心経《はんにゃしんぎょう》を延々とリピートさせながら、オレは心の中で悲痛な叫びを炸裂《さくれつ》させた。

「…………ッ！　…………ァ！」

滾《たぎ》る煩悩《ぼんのう》に押し上げられて思わず変な声が出そうになるのを必死に抑え込み、オレは見慣れた乳白色の天井を睨《にら》みつけた。

男、半崎貘也《はんざきばくや》十七歳、絶体絶命の大ピンチである……！

しかし、このまま泣き言をウダウダ言っていても仕方がない、とオレは現状を冷静に俯《ふ》瞰《かん》することにした。一旦、クールダウンすることでピンチを打破できるかもしれない、という一縷《いちる》の望みにすがるように……。

季節は、夏。

時刻は、五時半。

場所は言わずもがな、ベッドの上。

傍《かたわ》らには、安らかな寝息と共にすやすやと眠っている後輩女子――君鳥ちゃん。

そして、オレの腕にむぎゅりと押しつけられるは……この世のものとは到底思えぬほどの柔らかな物体。とろけるような柔らかさと、確かな弾力を併せ持つ究極の感触。それは、女体にたわわと実った禁断の果実。

π。

OPPAI。

そう、おっぱいである！

君鳥ちゃんのおっぱいが――しかも、ノーブラの、薄っぺらなTシャツ越しのおっぱいが！　――オレの腕にふにょんと、むにゅむにゅと、ぽよぽよぽよよんと！　これでもかと押し当てられているのだ！

こんなもん、ガマンできるわけなかろうが！

オレは煩悩真っ盛りの男子高校生（童貞）だぞ！

うぎぎぎぎぎ……ッ！

血が滲《にじ》むような力で歯を食いしばり、オレは決死の覚悟で般若心経を唱え続けた。煩悩を鎮《しず》めるために、理性を保つために、君鳥ちゃんを傷つけないために……！　この極楽の皮を被《かぶ》った艱難辛苦《かんなんしんく》を乗り越えるには解脱《げだつ》するしかないのだ！

レッツGO涅槃《ニルヴァーナ》！

……というわけで、今日も今日とてマニ車になったかの如《ごと》く、般若心経を延々と脳内で唱え続けているというわけだ。

それはもう、一人称が拙僧になってしまうかもしれない危機感を覚えるほどに。

「せんぱい」

突然、君鳥ちゃんが甘い声を発してオレはビクリと反応した。もしや、起こしてしまったか？　と、ハラハラしながら君鳥ちゃんを確認してみるも、どうやら寝言のようで今も穏やかな天使のような顔で眠っていた。

「せんぱい……ずっと一緒に」

何やら、幸せな夢でも見ているようで君鳥ちゃんはもにゃもにゃと寝言を口にした。

「ずっと、一緒にいて……くださいね」

君鳥ちゃんの放った寝言に対し、オレは無意識に目を背けて虚空《こくう》を見つめていた。

ついさっきまで零《こぼ》れんばかりのおっぱいと、溢《あふ》れんばかりの煩悩でわちゃわちゃしていたというのに。今のオレは君鳥ちゃんの漏らした言葉の先にある不定形の感情で頭の中がいっぱいいっぱいになっていた。

脳の奥底で、心の片隅で、ジクジクと何かがやたらに痛んでいる。

この感情の正体をオレはまだ……何も知らなかった。

★　★　★

おっぱい般若心経によって危うく一人称が拙僧になるところだった……。

と、昨夜のことを反省しながらオレは真夜中の町を一人、薄っぺらなサンダルをぺたぺた鳴らして歩いた。

相も変わらず、ちっぽけで何もない田舎町、比辻野《ひつじの》市。

青春映画の舞台になるようなノスタルジーの欠片《かけら》もなく、かといってドラマチックな都会の賑《にぎ》やかさも何もない、ジワジワと衰退していくだけの中途半端《ちゅうとはんぱ》な灰色の町。

それでも、オレはこの町のことを好いている。特別、愛しているというわけでもないけれど。

世界の終焉《しゅうえん》を感じさせるような静寂と、思春期の好奇心を刺激する妙な寂寞《せきばく》。

誰もいない、車一台通らないがらんどうの道路を我が物顔で歩く開放感と共に、オレは額に滲む汗を拭って空を見上げた。魔王が高笑いしていそうな、やり過ぎなほどの立体感のある雲が黒々と夜空を支配している。七月も半ばを過ぎて、むわっとした空気が漂う熱帯夜。日中よりは遥《はる》かにマシとはいえ、こうして歩いているだけで汗が滲むのは中々にしんどい。

とはいえ、誰もいない熱帯夜の町を悠々と歩けるのは夜ふかしの特権だ。と、オレは真夜中の独特の世界をどっぷりと堪能《たんのう》した。

たまに、ゲコゲコとカエルの鳴き声や、正体不明の虫の鳴き声がどこからともなく聴こえてくるのも何だか小気味いい。

……そんな感じの深夜テンションで気ままに歩き、目的地に辿《たど》り着《つ》いた頃には深夜の二時を過ぎてしまっていた。

少し遅れてしまったけれど、いつもの時間。

古ぼけた滑り台と公衆トイレとベンチ一つしかない、いつもの公園。

そして、鼻孔をくすぐる濃厚なソースの香り。

ベンチにちょこんと座って、大盛りカップ焼きそばをもくもくと食べている女の子の姿を確認し、オレは思わず頬を緩めて立ち止まった。

ふわふわ、もふもふのセミロングの髪の毛。柔らかくもどこか毒を孕《はら》んでいるジトッとしたタレ目。カップ焼きそばを夢中で食べる表情はあまりにも幸せそうで、このまま一生眺めていたくなるくらい可愛《かわい》い。

薄手のサマーパーカーでは隠しきれない主張の強い巨乳と、グレーのショートパンツから伸びる健康的な太ももが非常に眩《まぶ》しい。真夜中に燦然《さんぜん》と輝く太陽かと見紛《みまが》うほどに。

彼女の名前は、小比類巻《こひるいまき》君鳥ちゃん。

ひょんなことからお互いの不眠症を治すために協力することになった、とても可愛くて時々ミステリアスで大変えっちなおちょくりをしてくる小悪魔な後輩ちゃんだ。

ずるるるるッ！

カップ焼きそばを啜《すす》る音を轟《とどろ》かせた後、君鳥ちゃんは空っぽになった容器を見て物悲しそうな表情を浮かべた。どうやら物足りないらしい。

「あ」

と、その時、物陰に隠れて観察していたオレに気づき、君鳥ちゃんは顔を上げて開口した。

「先輩、遅いですよ」

食べ終えたカップ焼きそばのゴミをコンビニの袋に入れて片付け、君鳥ちゃんは頬を膨らませて立ち上がった。

「すまん。ちょっと、色々と準備してたら家を出るのが遅れてしまった」

そう言ってオレは背負ったリュックサックを見せつけた。

「うわぁ、パンパンですね……」

妙に艶《なま》めかしい声色で言われてオレはたまらずゴクリと喉を鳴らした。

「きょ、今日から夏休みだろ？　だから、折角だし二人で遊べるモノを持ってきたんだ」

「遊べるモノ？」

はて、と君鳥ちゃんは小首を傾《かし》げた。が、すぐに両手を叩《たた》いて嬉《うれ》しそうな顔で頷《うなず》いた。

「成程。いやらしいオトナの玩具《おもちゃ》というわけですね。夏休みにかこつけて、いたいけな後輩女子をオトナの玩具でいじくり回そうだなんて……流石《さすが》、先輩ですね。はー、まったく」

「勝手な言いがかりをつけて勝手に失望するんじゃない」

「でも先輩だって、勝手に暴走して勝手に墓穴を掘るじゃないですか」

君鳥ちゃんの言葉に心当たりがあり過ぎて多種多様なピンク色の思い出が脳内に溢れかえった。下手に反論をすると藪蛇《やぶへび》になる、とオレはこれまでの経験を活《い》かして話題を変更することにした。

「それにしても今日は蒸し暑いなァ」

手をうちわのようにして扇《あお》ぐオレをジトーッと白けた眼差《まなざ》しで見つめ、君鳥ちゃんは軽く肩をすくめた。

「話題の変え方がヘタクソ過ぎですよ、先輩」

「うっ……」

魂に染《し》みついた陰キャっぷりが露呈してしまった！

「まぁ、確かに蒸し暑いですけど。……そうだ。これからは待ち合わせは公園じゃなくて、私の家の方がいいかもですね。冷房ガンガンに効かせた部屋で食べるカップ焼きそばも乙なものですし」

効率を考えると確かにそうだが、真夜中の公園で待ち合わせする青春っぽい雰囲気がなくなるのは少し寂しいな……と頭の中でモヤモヤと考えた瞬間。

「でも、深夜の公園で待ち合わせするエモい感じも捨てがたいですけどね」

と君鳥ちゃんが放った言葉がオレの思考と完全に一致し、無性にドキドキしてしまった。

「どうしたんですか、先輩？」

ドキドキが表情に出てしまったのか、オレの反応に目ざとく気づいた君鳥ちゃんは一歩近づいてニマニマと微笑《ほほえ》んだ。ううっ……小悪魔チックな上目遣いの半笑いがオレの心のやわっこい部分を的確に刺激する！

「な、なんでもないぞ……！」

「とか言って、カラダは正直じゃないですか」

自然なそぶりでオレの首筋を軽く撫《な》で、君鳥ちゃんは目を細めてわざとらしく顔をしかめた。

「ほら、汗びしょびしょです」

「あ、暑いからだっ！」

「ふふっ」

心を見透かすような目つきで見つめられ、オレは更に汗をダラダラと流した。汗を流して君鳥ちゃんにおちょくられ、また汗を流して……なんだこれ、無限ループか。

「そういえば先輩、奇《く》しくも今日は七月二十一日ですよ」

「……？」

奇しくも、七月二十一日？

何か意味のある日付なのだろうか、と蒸し暑さで火照《ほて》った脳みそを懸命に働かせてみたが特にこれといった答えは見つからなかった。

「……どういう意味だ？」

どうせ変なことを言われるのだろう、とオレは身構えながら恐る恐る言葉を返した。

「七月二十一日、数字にすると０７２１……ゼロをオーとして読むと、おーななにーいち……つまり！　オナニーの日なのですっ」

「そんなことだろうと思ったよ！」

探偵が名推理を炸裂《さくれつ》させたぐらいのテンションで言われ、オレは当然の如く苦笑いを浮かべてツッコんだ。

女の子がオナニーなんて言葉を嬉しそうに言うもんじゃない、と先輩として叱りつつ、内心は女の子がえっちな言葉を口にすることにドギマギしまくっているのはここだけの秘密だ。

「あ。でもでも、先輩にとっては毎日がオナニーの日ですから関係なかったですね」

「うぐぬッ……！」

小悪魔な微笑を浮かべる君鳥ちゃんにマジマジと見つめられ、オレは返す言葉も見つからずにただひたすら怯《ひる》むことしかできなかった。

★　★　★

「ぷはー。夏はやっぱりコレですねぇ」

キンキンに冷えた麦茶をごくごくと飲み干し、君鳥ちゃんはうっとりと表情を緩ませた。そんな君鳥ちゃんの姿を眺めながら、オレも二杯目の麦茶をちびちびと飲んで口の中を潤わせる。

蒸し暑い外を歩いた後、冷房の効いた部屋で飲む麦茶は格別だ。

「美味《うま》いっ！」

あまりの爽快感にたまらず、意気揚々とサムズアップをしてしまうほどだ。

「ふぅ」

柑橘《かんきつ》系の爽やかな香りが漂う生活感たっぷりな君鳥ちゃんの部屋を見回して、オレは軽く安堵《あんど》の息を吐き出した。……それにしても、真夜中の女子の部屋、という本来なら非日常極まりない異世界にいつの間にか慣れ親しんでいる自分が恐ろしい。

と、ガクブル震えているオレとは対照的に君鳥ちゃんは油断した態度で「ちょっと脱いじゃいますね」とサマーパーカーを脱ぎ、ラフなTシャツ姿を露《あら》わにした。

否応《いやおう》なく視界に飛び込んでくる大迫力のおっぱい！

夏用のTシャツという薄布一枚だけが隔てるおっぱいの存在感、みっちりムッチリと詰まった肉感たるや……筆舌に尽くし難《がた》し！　パツパツに膨れ上がった猫のイラストもどこか幸せそうに見えてくる。

たわわ、というオノマトペはこの時のためにあるのだろう、とオレは確信した。

「せんぱーい、おっぱい見過ぎです」

やれやれ、と肩をすくめて君鳥ちゃんはジト目でオレを見つめた。

「す、すまん……！」

君鳥ちゃんと出会ってからこのやりとりをどれだけ繰り返したことか。オレは一体いつになったら学習するんだ、と自らの煩悩《ぼんのう》の強さと理性の弱さに辟易《へきえき》する。

「ふふっ」

精一杯の謝罪をするオレを見下ろして君鳥ちゃんは笑い声を弾ませた。

「先輩におっぱいを見られるのも慣れちゃいましたけどね」

「本当に！　すま――」

オレの言葉を遮るように、君鳥ちゃんはニヤリと笑った。

「もう、見たければ好きに見れば～、って感じです」

そう言って君鳥ちゃんは自らのおっぱいを両手で優しく、もにゅもにゅと揉《も》みしだいた。

「んなッ！」

想像だにしない光景にオレは思わず、目と口を限界まで開けっぴろげてカチコチに固ま

った。

もにゅ、もみゅん、もにゅにゅ、むにゅん。

ほあああああああああ……。す、すごい……おっぱいってあんなにも自由自在に形を変えるのか……！　凄《すさ》まじく流動的で滑らかな変形！　なんたる僥倖《ぎょうこう》！　これぞ女体の神秘！　ああ、一時たりとも目が離せない！　瞬《まばた》きはおろか、息をする暇さえないぞッ！

「ふふふっ」

脳内煩悩乱痴気騒ぎのオレをサディスティックな眼差しで見つめ、君鳥ちゃんは心底嬉しそうに微笑んだ。

「先輩は本当におちょくり甲斐《がい》があって面白いです」

君鳥ちゃんはおちょくって楽しめる、オレはおっぱいを見て興奮する、それはつまり挟み撃ちの形になってＷｉｎ－Ｗｉｎなのでは？　と、短絡的な思考がオーバーヒートしそうになった寸前——ぱちん！　と、オレは自分の頰を勢いよく叩いて理性を何とか取り戻した。

「あら」

頰を真っ赤にしたオレを少し寂しそうに見つめ、君鳥ちゃんはおっぱいを揉むのを中止した。

オレはピンク色に支配された脳をクールダウンさせるため、君鳥ちゃんから視線を外して部屋を見回した。結局、君鳥ちゃんの部屋なのでどこを見てもセンシティブ反応をしてしまうのが悲しい男のサガだが……。

そんな中、オレの視線が辿《たど》り着《つ》いたのは部屋の片隅で仰々しくそそり立つ真っ赤な消火器。そして、その横にある木製の棚に所狭しと並べられたぬいぐるみ達だった。君鳥ちゃん愛玩のぬいぐるみコレクション、このファンシーでメルヘンな空間なら煩悩を鎮《しず》めるのにピッタリだろう。

ウサギ、クマ、ひよこ、イルカ、サメ、ブタ、羊、ゾウ、サイ、牛、トラ、ペンギン、タコ。

かつては無造作にベッドの上に積まれ、時にはクローゼットにギュウギュウに押し詰められていたぬいぐるみ達だが、今は君鳥ちゃんの寵愛《ちょうあい》をたっぷり受け、祭壇の如《ごと》き棚に君臨している。

タコのぬいぐるみを見つめ、こいつ昨日いたっけ？　と、オレは首を傾げた。

「流石、お目が高いですね先輩」

オレの視線の先のタコを手に取って君鳥ちゃんは自慢げに開口する。

「この子は昨日買ったばかりの新入りくんです」

君鳥ちゃんはタコの頭をナデナデしながら、頬を柔らかく緩ませた。

「名前はイカロスです」

タコなのにイカとはこれ如何《いか》に。

「……というか、名前付けているんだな」

さっきまでの蠱惑《こわく》的なムーブからの、突然の女の子らしい可愛《かわい》さの高低差に無性にホッコリする。

「私にとっては大切な家族みたいなものですから。ちなみに、この紫色のウサギはウィル。こっちのピンクのクマはクラウス。黄色いひよこはキーくん。この、ちょっぴりキモいイルカはアクア。で、このサメはナッシュ」

意気揚々とぬいぐるみの紹介をする君鳥ちゃんを朗らかな気持ちで見つめていると、いつの間にか煩悩が溶けて消えてしまっていることに気がついた。ああ、なんて清々《すがすが》しい感覚。

「そして、これが父性というものだろうか。このぬいぐるみは……」

ぬいぐるみの棚から離れて、君鳥ちゃんは唐突にオレの袖をちょんと摘まんだ。

「バクヤくんです」

「おい、オレはぬいぐるみじゃないぞ」

君鳥ちゃんの謎の茶目っ気にツッコみつつ、内心は名前を呼ばれたことにドキドキして脳内が再びピンク色のお祭り騒ぎになっていた。

「バクヤくんは、ムッツリスケベの童貞クソ野郎だけど、いざとなると腰が引けて何もできない臆病チキンの仮性包茎マゾヒストなんですよー」

優しい口調でとんでもない罵詈雑言《ばりぞうごん》を並べ連ねた後、「一番のお気に入りです」と君鳥ちゃんは小さい声で付け足した。

君鳥ちゃんの一連のムーブがいたいけな童貞心にクリティカルヒットし、オレはもがもがと情けなく息を乱れさせることしかできなかった。

「なーんて、先輩をおちょくってみただけです。もしかして、本気にしちゃいました？」

目を細めてクスクスと笑う君鳥ちゃんを見据えてオレは「ふ、ふぐぅ」と、これまた情けない声を漏らした。

「さて、さて」

閑話休題、といった態度で君鳥ちゃんは両手を叩《たた》いた。

「今夜はどうしましょうか？　いつものように安眠のために色々と試してみます？　それとも、折角の夏休みですし夜ふかしをたっぷりしちゃいます？」

君鳥ちゃんの問いかけにオレは腕を組んで頭を捻《ひね》らせた。

「今なら夏休みという名の免罪符がありますよ」

「免罪符というか、ただの言い訳だと思うが……」

「もー、先輩はすぐウダウダと言ってしょうがないですねぇ。悩むだけ無駄で無意味。しかしもカカシもバッカルコーンです」

しかしもカカシもバッカルコーン。

君鳥ちゃんお得意の魔法の言葉を聞き、オレはゆるりと頬を綻ばせた。

「確かに、そうだな」

時には開き直ることも必要だろう、とオレは強く頷《うなず》いた。

「先輩、色々と遊べるモノを持ってきてくれたんですよね」

「ああ、押し入れから引っ張り出してきたんだ」

リュックサックをガサゴソと漁《あさ》りながらオレは次々に玩具《おもちゃ》を取り出した。

小学生の時に親と遊んだボードゲームや、中学生の時に友達ができたら遊びたかったカードゲーム、高校デビューの時にクラスメイトと遊ぼうとして手痛い失敗をして黒歴史を刻むことになった対戦ゲームなどなど、多種多様なゲームが盛り沢山だ。

うっ……黒歴史がズキズキと疼《うず》きやがる。

「こんなにいっぱいあると眠っている暇はありませんね。成程、今夜は寝かさないゾ！　というわけですか」

「言い方が古くさいぞ」

えっちなおちょくりをする際に時折、やり過ぎておっさん臭くなるのも君鳥ちゃんの可愛いところだよな、とオレはしみじみと思った。

「わわっ」

ガラステーブルの上に並べた玩具の中からめぼしいモノを見つけたのか、君鳥ちゃんは歓喜の声を上げた。

「これ、小学生の頃に友達とやったことあります！　うはぁ、懐《なつ》かしい……！」

奇妙な生物が描かれたカードゲームを手に取り、君鳥ちゃんは思い出を噛《か》み締《し》めるようにうっとりとした表情を浮かべた。

君鳥ちゃんは今でこそクラスに馴染《なじ》めない腫れ物だが、小学生の頃はクラスの中心で友達が沢山いる人気者だったのだ。その頃に友達とカードゲームやボードゲームをたっぷりと楽しんでいたのだろう。……生まれてこの方、陰の世界でしか生きていないオレからしたら大変羨ましい思い出だ。

唯一の親友である外村《そとむら》は対戦ゲームが苦手なので、この手のゲームはマジで家族としかプレイしたことがない……って、またしても自分で傷口を抉《えぐ》ってどうする！

「ミカちゃん、このゲーム好きだったなぁ。ふふっ」

取り出したカードを懐かしそうな目で見つめて君鳥ちゃんは自然な笑みをこぼした。

「捲《めく》ったカードに描かれている変な生き物に名前を付けていくんですよね」

「ああ。それで同じカードを引いたら、その名前を言い当てる。記憶力と瞬発力が命のゲームだな」

「変な名前とか難しい名前を付けちゃう子がいて大変なんですよねぇ」

昔を懐かしむ君鳥ちゃんの表情は優しく、それでいて、どこか寂しさを孕《はら》んでいる気がした。やはり、小学生の頃にいた陽の世界へ戻りたい気持ちが強いのだろうか。

「早速プレイしてみましょうか。あ、負けたら罰ゲームありにします？」

「罰ゲーム？」

嫌な気配を感じてオレはゾッとした。

「負けた方は素《す》っ裸《ぱだか》になって写真を撮られる、という罰ゲームです」

「破廉恥が過ぎるぞッ！」

あまりにも酷過ぎる提案にオレは慌てふためいて必死に否定した。

「これで私が勝ったら、先輩の全裸写真コレクションがまた増えちゃいますね」

「な、なんだそのコレクション！　聞き捨てならんぞ！」

いつぞやの夜、大乱闘ゲームでやらかした時の忌々《いまいま》しい記憶が鮮明に蘇《よみがえ》ってオレは悶々《もんもん》とした感情と共に震え上がった。流石《さすが》にアレはやり過ぎたと反省し尽くしているし、同じ過《あやま》ちを繰り返すわけにはいかない。

「……というかだな、万が一にでもオレに負けた場合のことは考えないのか？」

「えー、先輩ごときに負けるはずないじゃないですかー」

絵に描いたようなメスガキ顔で煽《あお》る君鳥ちゃんに対し、オレは「先輩の底力をわからせてやりたい！」と心の中で憤慨しそうになる感情を懸命に抑え込んだ。

「それに、先輩になら裸を見られても……いいですよ？」

頬をほんのりと紅潮させて、目を細めた上目遣いの君鳥ちゃんは色っぽい声色で言葉を口にした。

そ、そんなことを言われたらオレのイノセントな煩悩《ぼんのう》ががががががっ……！

「流石に冗談ですよ、先輩。……って、大丈夫です？　白目剥《む》いて、泡吹いて、全身ぶるぶる震えていますけど……。おーい、聞こえてますー？　せんぱーい。あーあ、いっちゃってる」

★　★　★

「オシャレ童貞！」

酷《ひど》い名前を声高々と口にして、君鳥ちゃんは『オシャレ童貞』と名付けられてしまった生物が描かれたカードをゲットしてドヤ顔をした。

「ふっふーん。またしてもカード、ゲットです！」

カードゲームを開始してから早数分、君鳥ちゃんの手元には大量のカードが積み重なっていた。破廉恥極まりない罰ゲームを提案してくるだけあって実力は確かなようだ。――勿論《もちろん》、罰ゲームは却下したが。

「さて、お次のカードです」

山札から捲ったカードを見て、君鳥ちゃんは「む」と口をつぐんだ。どうやら名前を思い出せないらしい。好機到来！　確か、このカードは君鳥ちゃんが名付けたはずだ、とオレは脳みそをフル回転させ、一つの答えに辿り着いた。

「オレは水の流れる音を女子の放尿音に見立てて興奮する男だ！」

勢いよく名前を口にしたオレの顔をジト目で見つめ、君鳥ちゃんはドン引きの声を漏らした。

「うわー、いきなり何を言っているんですか。後輩の前で妙ちくりんな性癖を高らかに叫ぶだなんて……」

「ち、違う！　オレは断じてそんな性癖を持っているわけではないぞっ！」

「慌てて訂正するところが本物、って感じです」

そう言ったあと、「他人に迷惑をかけたりしなければ性癖は自由ですから、大丈夫ですよ」と慈愛に満ちた声で君鳥ちゃんは頷いた。

「というか、君鳥ちゃんが名付け親だろ！」

オレの核心を衝《つ》くツッコミに君鳥ちゃんはヘタクソな口笛を吹いて誤魔化した。

「それはさておき」

無理矢理オレの話をぶった切って、君鳥ちゃんは山札から新たなカードを捲った。

「来ました！　これは、夜な夜な後輩女子のパンツを漁《あさ》ってどの色が良《い》いか悩む先輩、です！」

「って、なんだその名前は！」

「でも、事実じゃないですか」

君鳥ちゃんの発言にさしものオレも返す言葉を見失った。

そう、夜な夜な後輩女子のパンツを漁ってどの色が良いか悩む先輩は実在する人物……即《すなわ》ち、このオレなのだから。いや、これにはしっかりとした理由があって、ちゃんとした道理もあるのでギリギリセーフなはずだ！

「あの時、ノーパンを強要された時は流石にびっくりしましたよ」

「うぐ……すまん」

「ふふっ」

平謝りするオレをニマニマとした笑顔で見つめ、君鳥ちゃんはゲームを続行した。

「はい、お次のカードはこの子です」

捲られたカードに描かれている珍妙な生物を一瞥《いちべつ》した瞬間、

「仮性包茎マン！」

君鳥ちゃんは華々しく名前を宣言した。

またしてもカードを取られてしまったことはともかくとして、あまりにも名前が酷過ぎないか、とオレは苦笑いを浮かべた。

この子には恥じらいというものがないのか、と君鳥ちゃんの顔をチラリと確認してみると、仮性包茎マンを手にしたまま僅かに頬を赤く染め上げていた。いくら君鳥ちゃんといえども仮性包茎マンを大声で口にしたことで羞恥心が刺激されてしまったのだろう。

成程。

………それはそれでエロいな。って、いかんいかん！　危うく煩悩が活性化してピンク色の思考が大暴れしてしまうところだった。

改めて身を引き締め、ゲームを再開しようとしたその時。

ピンコーン！　と、聞き慣れた通知音が鳴り響いた。こんな時間に外村からだろうか、とスマホを確認してみるも、通知は何も来ていなかった。

「あ、すみません」

ぺこり、と頭を下げて君鳥ちゃんはスマホを取り出した。さっきのＬＩＮＥ通知は君鳥ちゃんのスマホの音だったようだ。……こんな時間に君鳥ちゃんがＬＩＮＥのやりとりをするなんて珍しいな。

「およ」

喜びを噛み締めるような、ニヤニヤしたいのをガマンしているような、絶妙な笑顔で君鳥ちゃんはスマホの画面を眺めていた。

「どうしたんだ？」

「あ、えっと……理々《りり》ちゃんからＬＩＮＥが来てて」

「理々ちゃん？」

「はい。この子です」

スマホの画面に映った写真をオレに見せつけ、君鳥ちゃんは「えへへ」と照れ臭そうに笑った。

「この子って……」

理々ちゃんの写真を見てオレはあんぐりと口を開けた。

オレンジがかった鮮やかな茶髪、キリッとしつつもどこかあどけなさを残したツリ目、派手な服装に身を包んだ小動物のような雰囲気のギャル。そう、理々ちゃんとは君鳥ちゃんのクラスメイトの小動物ギャル・牛場《うしば》さんだった。

そういえば、牛場理々って名乗ってもらった覚えがある。

「ふっふっふ、実は理々ちゃんとはお友達なのです」

嬉しさを抑えきれずにニッコニコの笑顔で自信満々に語る君鳥ちゃんの姿を見て、頭を撫《な》でてやりたくなる衝動に駆られてしまった。いかん！　今度は煩悩ではなく父性が暴走しかけている！

「こんなに可愛《かわい》くて、ギャルギャルしい女の子とお友達になるなんて私も成長したものです。えへん」

……牛場さんは君鳥ちゃんのことを嫌っていたというか、文句タラタラだったはずなのに友達になるなんて意外だな。君鳥ちゃんはこう見えて純粋な子だから騙《だま》されていやしないか、と心配になってくる。いや、でも、牛場さんって結構ストレートな子だったから、そんな陰湿なことはしないか……。

「もしかして先輩、私のコミュ力が気になっちゃいました？」

「コミュ力というか……どうやって友達になったのか、経緯は気になるな」

「よかろうです」

変な言葉遣いで君鳥ちゃんは深く頷《うなず》いた。深夜テンションなのか、友達ができてハイテンションなのか、いつにも増してヘンテコになっている気がする。とても可愛いのでオールオッケーだけども。

「先輩が添い寝してくれるおかげで、私は眠れるようになりました」

「その節はどうも」と君鳥ちゃんは頭を下げた。

小学生の時の火事のトラウマにより、君鳥ちゃんは夜に眠らない人生を過ごしてきた。そんな中、オレと出会い色々と――それはもう、一言では言い表せないほど色々とあって、添い寝して心臓の音を聴くことで安らかに眠れるようになったのだ。

代わりに、君鳥ちゃんとの添い寝に興奮してオレは眠れなくなったが……まぁ、それは置いておこう。

「寝不足から解放されて、学校で不機嫌にならなくなって普通の生活ができるようになったんです。そうしたら理々ちゃんが声をかけてくれたんです。それから、あれよあれよという間に仲良くなって今に至る、というわけです」

あれよあれよ、の内容が気になるところだが……それでも、あの君鳥ちゃんに友達ができたことは大変めでたいことに変わりはない。それに、普通の生活を送れるようになったのもめちゃくちゃ感慨深い。

「あ～」

ちまちまとＬＩＮＥのやりとりをしていた君鳥ちゃんは突如、困った顔をして口をへの字に曲げた。

「どうしたんだ？」

「えっと……」

ＬＩＮＥの画面をじーっと見つめて、君鳥ちゃんは気まずそうに息を吐き出した。

「理々ちゃんから遊びに誘ってもらったんですけど……」

「良いことじゃないか」

「でも、その日は予定があるんですよ」

「予定？」

見当も付かずに首を傾《かし》げるオレを睨《にら》んで君鳥ちゃんはムッと頬を膨らませた。

「先輩と遊ぶ予定です」

「なんだよ、それ」

クッションに埋もれるように項垂《うなだ》れる君鳥ちゃんを見て、オレは軽く笑った。

「オレとの予定なんてどうでもいいだろ。いつでも遊べるんだから。それよりも友達を優先して――」

「ダメです！」

オレの言葉を遮ったあと、君鳥ちゃんはクッションに顔をうずめてモゴモゴと言葉を濁した。

「だって……先輩とは前々から予定をたてていましたもん。それに、私は先輩と遊びたい――けほん」

途中まで口にした言葉を慌てて呑《の》み込み、顔を薄く桃色に染めて君鳥ちゃんは言い直した。

「せ、先輩だって、私と遊びたいですもんね？」

「え？　あ、ああ……そりゃあ、まぁ」

「ふふん」

オレの返答を聞いて君鳥ちゃんは穏やかに顔を緩ませた。

「しょーがないですねぇ。そこまで言うのなら、先輩と遊んであげますよ」

屈託のないニコニコ笑顔の君鳥ちゃんを見て、オレは心の中に妙なモヤモヤが漂っていることに気がついた。オレと遊びたいと言ってくれるのは正直めちゃくちゃ嬉《うれ》しい。けど、折角できた友達——それも、君鳥ちゃんを陽の世界に連れ戻してくれそうな牛場さんからの誘いを断ってまでオレを優先するのはどうなのだろう。

「しかしだな」

反論しようとした瞬間、クッションをオレの顔にムギュッと押しつけて君鳥ちゃんは

「しかしもカカシもバッカルコーンです！」とドヤ顔で言い切った。

……それを言われたら何も返せないんだが。ズルくないか、とオレはクッションを膝の上に置いて眉をひそめた。

まぁ、君鳥ちゃんがそれでいいなら、いいか。

★　★　★

「さーて、と」

　カードゲームやボードゲームをたっぷり数時間プレイしたあと、ぐぐーっと伸びをして君鳥ちゃんは開口した。……くっ、伸びをした時のおっぱいの主張が激し過ぎて理性が崩壊する寸前だ、危ない危ない。

「先輩の安眠のために色々と試してみましょうか」

　遊び終わった玩具を手早く片付け、君鳥ちゃんは腕を組んで頭を捻《ひね》った。……うぐ、組んだ両腕にぷにょんと乗っているおっぱいの迫力が凄《すさ》まじくて理性が一瞬瓦解《がかい》してしまった、ヤバいヤバい。

　続けざまにおっぱいに反応してしまったオレをジト目で見据え、君鳥ちゃんはニマニマと微笑《ほほえ》んだ。

「私と一緒に寝ると興奮しちゃって眠れないんですよね、せんぱい？」

「……め、面目ない」

「いえいえ。こんなおっぱい大きい美少女と添い寝したら誰だってそうなりますよ。ね？」

　はい！

　と、オレは心の中で威風堂々と頷いて肯定した。

「興奮して眠れないということは、つまり、興奮しなければ良いんですよ」

確かにその通りだが……。

「うーん、そうですねぇ。例えばですけど、性欲を抑え込むことってできませんか?」

簡単に言うんじゃない。

「それができたら世の男どもは困っていないぞ」

「成程。精神的にはどうしようもない、と。では、物理的に対処してみます?」

「物理的?」

「ちょん切っちゃうとか」

「残酷過ぎる……」

鋭利なハサミでちくわがブツン！　と切断される映像が脳内で再生され、オレは冷や汗をかいて震え上がった。

「それなら……私と寝る前に一人で性欲を発散しちゃえばよくないですか?　賢者モードってすごいと聞きますし。しょうがないので、うちのトイレで致すことを許可してあげますから」

「……思春期の性欲を舐《な》めるんじゃない。下手な魔王よりも何度だって蘇《よみがえ》るんだぞ」

って、オレ達はマジマジと一体何を言い合っているんだ。

「ぴこりーん!」

謎の擬音を口にして君鳥ちゃんは手を叩《たた》いた。何かアイディアを思いついたニンマリ顔をしているが、こういう時は大体ロクでもないことを考えているに決まっている。

「心を無にすればいいんですよ」

ほら、ロクでもなかった。

「あー、こいつまたロクでもないことを……って顔してますね」

オレの心を見透かして君鳥ちゃんは唇を尖《とが》らせた。

「心配ご無用です！　先輩の心を無にするための秘策がありますから」

先輩の心を無にするための秘策、って言葉が怖すぎるだろ。オレは今から心なきマシーンにでもされてしまうのか……。

「マインドフルネス！　ずばり、瞑想《めいそう》です！」

「成程……瞑想、か」

君鳥ちゃんの発言に合点《がてん》がいって、オレは静かに頷いた。

瞑想。それは胡散臭《うさんくさ》いスピリチュアルなものでは決してなく、科学的根拠のある確かなものだ。目の前のことだけに集中し、雑念を取り払って頭の中をクリアにして心身共にリラックスした状態を作り出すこと……それがマインドフルネス、瞑想だ。

かつて、一人で不眠症に苦しんでいた時に軽く試してみたことがある。その時は心を無にしようとしても頭の中に「無理」という言葉とバッハのメヌエットが鳴り響き続けて挫折してしまったが、トラウマを乗り越えた今なら確かに効果的かもしれない。特に、最近は般若心経《はんにゃしんぎょう》を唱えることに慣れてきたし。

「無我の境地に到達したら性欲なんてコテンパンですから」

そう言って君鳥ちゃんは真っ黒なアイマスクを差し出した。

「アイマスク？」

「はい。視覚を封じることで感覚を研ぎ澄ませて瞑想の効率をアップさせるんです」

「ふむ、筋は通っているな」

受け取ったアイマスクを早速装着し、オレは流れるような所作で結跏趺坐《けっかふざ》を組んだ。瞑想のやり方は様々だが、やはりオレには座禅《これ》が性に合っている。

「先輩、ちゃんとアイマスク付けました？」

「ああ、まったく何も見えてないぞ」

アイマスクに覆われ、視界は真っ暗闇。感覚的に目の前で君鳥ちゃんが動いていることはわかるが、それ以上のことは何もわからない。

まさに、無明《むみょう》。

頼りになるのは聴覚と嗅覚だけだ。

「本来なら、このまま無になるよう静かにするべきなのですが……煩悩《ぼんのう》の塊の先輩には特別に君鳥ちゃんスペシャル瞑想をしてあげましょう」

「君鳥ちゃんスペシャル瞑想？」

嫌な予感がビンビンしてオレはアイマスクを一旦外そうと試みたが、ガシッ！　と君鳥ちゃんに腕を摑《つか》まれて抑止されてしまった。腕を握る力の強さから下手に抵抗するのは身のためではない、と理解したオレは大人しく君鳥ちゃんスペシャル瞑想を受け入れることにした。

「ふふっ、良《い》い心がけです。先輩、これから何があっても心を乱しちゃダメですからね」

君鳥ちゃんの問いかけにオレはごくりと生温かい唾を飲み込んだ。

この無明のオレに一体全体何をしようというんだ……。

★　★　★

「まずは……梨を食べますね」

「ぱーどぅん？」

思いがけない言葉に対し、ついついネイティブな発音で聞き返してしまった。

「コンビニで買っておいたカット済みの梨です」

小腹が空いたのか知らないが何故《なぜ》、今？　という疑問が脳内で濫立した——その直後。

かしゅっ。

突然、耳元で瑞々《みずみず》しい音が聞こえて反射的にビクリと体を震わせた。

「動いちゃダメですよ、せーんぱい」

続け様に君鳥ちゃんの甘い声と温かい吐息が耳の中に充満し、真っ暗闇の中でオレはびくんびくんと情けなく身悶《みもだ》えした。不意打ちの耳元囁《ささや》きはダメだ……煩悩がムクムクと鎌首をもたげてしまう！

しかし、これは瞑想！　無我の境地に辿《たど》り着《つ》くためのマインドフルネス！　そうやって心の中で自らの邪念を叱咤《しった》し、オレは歯を食いしばって耐え忍ぶことを決意した。

かしゅッ。

再び、瑞々しい何かが砕かれる音が耳元で響いた。

これは……咀嚼《そしゃく》音！

耳元で君鳥ちゃんが梨を食べて、その瑞々しい咀嚼音を響かせていることに気がつきオレは合点がいった。咀嚼音といえばＡＳＭＲのド定番！　それを今、リアルに体感することになろうとは！

しゃく、しゃくッ、しゃりゅ、かしゅり。

ああ、囁きや吐息とはまた異なる気持ちよさが脳髄を縦横無尽に駆け巡る！

咀嚼音は苦手な人もいるというが、オレはご覧の通り大好物だ。特に果物系の水気のある音、そして、口や唇が動く時のリップノイズの生々しさがたまらない。しかも、アイマスクで視覚を封じられていることにより想像力は無限大！

「ふふっ、先輩ってば相変わらずですねぇ」

笑い声と共に生温かい吐息が耳の中をくすぐったあと、少しずつ君鳥ちゃんの声が離れていくのを感じ取った。どうやら梨を食べ終えたようで、オレの耳元から遠ざかったらしい。

咀嚼音タイムの終了は名残惜しいが、次は一体何で攻めてくるのか、とオレは恐怖半分期待半分の気持ちで神経を集中させた。

「ちょっと暑くなってきたので脱いじゃいますね」

「え」

今、何と申した？

脱いじゃいますね、と言ったのか？　言ったよな？　聞き間違いか？　空耳か？　さ、流石《さすが》にそうだよな、アイマスクで視覚を封じているとはいえ男の前で脱ぎ出すなんていくら君鳥ちゃんでも――

ごそ、ごそ。

パニック状態の脳に更なる火をくべるかのように何かが擦れる音が聞こえた。

ごそ、ごそそ、ごそ、しゅるり。

この音は間違いない、衣擦《きぬず》れの音だ。さっきの耳元ほど近くはないが、それでも、かなりの至近距離から聴こえてくる。ということは、すぐ近くで君鳥ちゃんが脱いでいるということに……？

ばくん、ばくん、ばくん、と心臓の音がやかましいくらいに高鳴った。

「ちょ、ちょっと待ってくれ。君鳥ちゃん、本当に脱いでいるのか？」

「はい。そうですけど」

けろり、とした声色で君鳥ちゃんは答えた。

「何を脱いでいるかは、ご想像にお任せします」

オレの想像力はとっくに無限大なんだぞ！　そんなオレの想像にお任せしたら、君鳥ちゃんのとんでもなくあられもない姿が脳内でくんずほぐれつ！

――ぱさっ。

静かに、常人なら聴き逃してしまうほどの細やかかな音が鼓膜に響き、無明の世界の時が止まるのを感じた。

何も見えない世界で、ただ思考だけがグルグルと回転し続ける。

君鳥ちゃんが身につけていたモノはTシャツとショートパンツ、それと下着のパンツのみ。夜はブラジャーを着けないことは知っているし、靴下も穿《は》いていなかった。となると、脱げるモノはたったの三点、しかも、どれを脱いでも致命的な格好を曝《さら》け出《だ》すことになるのは間違いない……ッ！

そして、先程の『――ぱさっ』という細やかな音。あれは、何か軽いモノが床に滑り落ちた音と考えられる。

つまり、それらが示す答えとは――

「あ。勢い余って脱ぎ過ぎちゃいました」

ぴょ。

君鳥ちゃんの放ったとてつもない言葉がオレの思考を真っ二つに両断した。

「ちょっぴり恥ずかしいですけど、先輩には見えてないから大丈夫ですよね」

無。

無明。

無限大。

聴覚だけが研ぎ澄まされた世界で化け物の如《ごと》く膨れ上がった煩悩に理性諸共《もろとも》呑《の》み込まれかけた——その瞬間、君鳥ちゃんはくすくすと笑ってあっけらかんとした言葉を口にした。

「なーんて、嘘《うそ》ですよ。本当は何も脱いでないですから、ご安心を」

君鳥ちゃんの言葉を聴き、オレは安堵《あんど》の息を吐き出して理性を何とか取り戻した。しかし、頭の片隅で「実は、嘘ではなくて本当に脱いでいて今もその状態なのでは？」という疑惑の念がムズムズと疼《うず》いているのも事実だった。

心頭滅却！

明鏡止水！

無念無想！

例によって例のごとく脳内で般若心経をヘビーローテーションさせ、オレは平静を取り戻した。

「さぁ、お次は君鳥ちゃんスペシャル瞑想の最終フェーズです。ふふっ、これは超難関ですよぉ」

一難去ってまた一難、嬉々《きき》とした君鳥ちゃんの声色がジワジワと近づいてくるのを感じ、オレは奥歯を噛《か》み締《し》めて身を強張《こわば》らせた。

「あれ？　先輩のここ、すごいことになってますね」

先輩のここ、ってどこだ？　と、混乱しながらもオレは脊髄反射で自らの股間を両手で覆い尽くした。しかし、君鳥ちゃんは「せんぱ～い、何してるんですかー。私が言ったのは汗でびっしょりの背中のことなのに」とニヤニヤした声色で嘲り笑った。

おのれ……またしても墓穴を掘ってしまった。

「でも、わざわざ隠すってことは……やましいことがあるってことですか？　本当に先輩はえっちですねぇ」

君鳥ちゃんの甘ったるい声が耳元で聴こえ、オレは再びビクンビクンと震え上がった。

「ここからが最終フェーズです。今から目一杯、耳元で囁きます。先輩の一番の弱点である耳を、重点的に攻めまくります。先輩が想像を絶するほどに。なので、これを耐えられないと無我の境地になんて到達できっこないですから、ちゃーんとガマンしてくださいね？」

「は、はひ……」

耳元で最終フェーズの説明を早口で囁かれ、オレはすでに息も絶え絶えになっていた。

視界を防がれているせいで聴覚に――耳に全神経が集中して普段以上に敏感になっている。

このまま攻めまくられたらどうなってしまうのか、想像するだけで恐ろしい。

ごぬるゅん、と喉から醜い音をたててオレは唾を飲み込んだ。

極度の緊張で口の中がカラッカラに乾いてくる。

オレは来るべき恐ろしき耳攻めに備え、結跏趺坐を改めて組み直した。更に、静かに深呼吸をして、頭の中で般若心経《はんにゃしんぎょう》を一定のリズムで唱え続けて精神統一を試みた。

おそらく、今までの責め苦は前座に過ぎない。オレが多少、気を張ったところで到底耐えきれないだろう。いつもの如く、無様におちょくり尽くされるのがオチに決まっている。だとしても、敗北濃厚といえど、最初から諦めるわけにはいかない。

こんなオレにもプライドというものがあるのだ。

どうせ負けるにしても、せめて、少しは抗《あらが》うべきだ。僅かでも、いつもの先輩とは違う、という気概を見せるべきなのだ。ならば、どうする？

やるべきことはただ一つ。君鳥ちゃんスペシャル瞑想《めいそう》の最終フェーズで何が行われるのか、今から何をされるのか、覚悟を決めるのだ。そうすれば、多少の抵抗を——幾許《いくばく》かの矜持《きょうじ》を見せられるはずだから。

まず、パッと思いつくのはやはり淫語囁きだ。これまでも君鳥ちゃんは結構卑猥《ひわい》な言葉をストレートに口にしたり、えっちなおちょくりはお手の物だった。だからこそ、今回はこれまでとは比べ物にならない卑猥な言葉を囁くつもりなのかも……。

次に思いつくのは、匂い嗅ぎからの罵倒というM向けASMRの定番シチュエーションだ。耳元で「すん、すん、すん」と匂いを嗅がれ、「くっさぁい」と責め立てられるのは定石中の定石。想像するだけで実に素晴らしい……じゃなくて、実に恐ろしい。

そして、やはり外せないのはＡＳＭＲの圧倒的王道にして絶対的覇道、耳舐《な》めだ。耳の外側をぬるぬると、耳の内側をぞりぞりと、縦横無尽に舐め尽《つ》くされる得も言われぬ感覚！　あれが現実のものとなった日にはオレはもはや人の形を成していないだろう。

想像を絶する耳攻めの果てにどうなってしまっても構わない、そんな破滅的な覚悟を決めてオレは君鳥ちゃんが攻めるのを待った。この光なき闇の世界でオレは待ち続けた。それはもう、今か今かと待ち侘《わ》びた。

「……」

しかし、一向に何もされない。

耳舐めはおろか、囁くことも耳をふーっとされることも、何もない。

感覚が研ぎ澄まされ過ぎて時間の流れをも超越してしまったのか？　と思ってしまうほど、何も起こらない。

何も始まらなければ、何も終わらない。

即《すなわ》ち、無。

……まさか、これがマインドフルネス？　瞑想によって辿り着いた無我の境地なのか？

と、困惑しながらオレはカサカサになった唇をゆっくりと動かして開口した。

「き、君鳥ちゃん……？」

返事はない。

「どうしたんだ？　何かあったのか？」

よからぬ不安が心の内で渦巻き、オレは慌ててアイマスクを外して立ち上がった。一瞬、久しぶりの光に目がくらんだが、視界に映った光景を目の当《ま》たり《あ》にしてオレは呆然《ぼうぜん》と立ち尽くした。

「……君鳥ちゃん」

あろうことか、君鳥ちゃんはベッドに横たわってスマホをポチポチといじっていたのだ。指の動きから推測するに何やらゲームをしているらしい。

「な、何をしているんだい、君鳥ちゃん……」

震える声を上げたオレに気づき、君鳥ちゃんは目を細めて悪戯《いたずら》っ子のようにニマニマと微笑《ほほえ》んだ。

「ふふっ。これが君鳥ちゃんスペシャル瞑想の最終フェーズ、放置プレイです」

新たな角度からおちょくられてオレは愕然《がくぜん》と膝から崩れ落ちた。

★
★
★

君鳥ちゃんスペシャル瞑想の放置プレイのあと、なんやかんや色々と試してみたが瞑想は結局失敗に終わった。煩悩《ぼんのう》を抑えきれないオレが悪いのか、煩悩を無闇やたらに刺激してくる君鳥ちゃんが悪いのか、どちらにせよオレ達にはマインドフルネスは無理だったということだ。

それから、いつものように添い寝をすることになった。君鳥ちゃんは添い寝をすることで自分だけが眠れることを申し訳ないと困っていたが、オレは構わず押し通して添い寝を遂行した。

そして、一時間も経《た》たない内に穏やかな眠りについた君鳥ちゃんを横目にオレはベッドから這《は》い出《で》て、忍び足でトイレに向かった。美味《おい》しいからといって麦茶をガブガブと飲み過ぎて尿意を催してしまったのだ。

「ふぅ」

真夜中――いや、もはや早朝と言ったほうが正しい時間帯の静かなトイレでオレは軽く息を吐き出した。君鳥ちゃんの家のトイレを使うことには随分慣れたものだが、それでも、やはり妙な緊張を感じてドキドキしてしまうのはどうしようもない。これは男のサガ……オレの業なのだから。

などと悶々《もんもん》と考えながら用を足し終え、オレは再び忍び足で部屋に戻った。

カーテンの隙間から朝の光が爽やかに差し込んでいる、薄闇の部屋。

部屋の端にはカップ焼きそばの段ボールが積み上げられ、木製の棚には無数のぬいぐるみが鎮座する。その隣では真っ赤な消火器が荘厳《そうごん》な出《い》で立《た》ちで佇《たたず》み、ガラステーブルの上には片付け忘れていたボードゲームがぐちゃぐちゃに散乱していた。

生活感と共に、君鳥ちゃんとオレが過ごした形跡が溢《あふ》れている光景を見てオレは不思議な感情が心の中に渦巻くのを感じた。エモーショナルな、それでいて、どこかインモラルな、形容しがたい不可思議な感情だ。

昨日の夜も似たようなことを考えていた気がする。まぁ、夜明け前の謎テンションのせいだろう。薄らぼんやりした頭でわけのわからないエモさを勝手に感じてしまうのはよくあることだ。

そう結論を付けてオレはベッドの傍《かたわ》らに腰を下ろした。

君鳥ちゃんは肌触りのいいタオルケットに身をくるみ、すやすやと眠っていた。ほんの数時間前までオレを瞑想という名の目隠しプレイで散々におちょくり倒したサディストとは思えない、天使のような柔らかな寝顔だ。

「……」

あれ？

君鳥ちゃんの寝顔を見つめて、オレはあまりにも今更で初歩的なことに気がついて思わず固まってしまった。

君鳥ちゃんは今、眠っている。

不眠症とはほど遠い、安眠だ。

それは、オレと添い寝して、心臓の音を聴くことで、一人で眠ることの恐怖を抑え込んでいるからだ。誰かと一緒に眠れば、誰かが傍《そば》にいれば、君鳥ちゃんは安心して眠ることができる。

そして、今――オレがトイレに行っている間も君鳥ちゃんは穏やかに眠っていた。オレがベッドを離れて、添い寝をしていないことに気がつかず、すやすやと眠っていたのだ。

もし、オレが長時間トイレに籠もっていたとしたら、君鳥ちゃんは気がついたのだろうか？　もし、オレが使い切ってしまったトイレットペーパーをコンビニに買いに行っていたとしたら、君鳥ちゃんは目を覚ますのだろうか。もし、朝が来るまでオレがいなくなっていても、君鳥ちゃんは大丈夫なのだろうか。

極論かもしれないが、眠りにつくまでの間だけ添い寝すれば君鳥ちゃんは一人でも眠れるんじゃないか？　必要なのは、睡眠導入だけでそれ以降にオレの役目は……。

……と、そこまで考えてオレは頭をわしゃわしゃと掻《か》き毟《むし》った。

瑞城《みずしろ》さんのトラウマを乗り越えたオレは、一人で眠れる。

睡眠導入さえクリアできれば君鳥ちゃんも、一人で眠れる。

眠れない／眠らない夜に悩むオレ達にとって、それは紛れもない宿願。素晴らしいハッピーエンドだ。

そう。ハッピー、エンドだ。

……いや、決してエンドではない、とオレは首を横に振った。

これが物語の世界ならば、不眠症の解決でめでたしめでたしだろう。最高のハッピーエンドからの爽やかな主題歌が流れてスタッフロール突入だ。しかし、オレ達が生きるのはノンフィクション。不眠症が治っても、トラウマを乗り越えても、人生は続いていく。夜に二人で会うことはなくなっても、君鳥ちゃんとオレの関係性は終わらない……はずだ。

「……」

半年でも、四年でも、ずっとオレが一緒にいる。と、いつかの夜に君鳥ちゃんに対して言った臭いセリフが脳髄に響き渡った。

「せんぱい……」

シリアスムードに沈んでいた中、突然ふにゃふにゃと君島ちゃんが寝言を発した。

「そんなところ、舐めちゃ汚いですよぉ……」

一体どんな破廉恥な夢を見ているんだ、とオレは肩をすくめて頬を緩めた。そして、夜明けの謎テンションでネガティブになっていたことを反省した。これこそ、ウダウダと考えるだけ無駄、しかしもカカシもバッカルコーンじゃないか。

「あッ、ダメです……汚いですから。そんな……冷蔵庫の裏をベロベロ舐めちゃダメです！」

って、本当にどんな夢を見ているんだ君島ちゃん！

第二話「夏祭りを攻略しましょう！」

いつもの公園のベンチに腰を下ろし、オレはスマホを取り出した。画面に映し出された時刻は、二十時。夜になりたてホヤホヤの時間帯で、公園から見える住宅街も煌々《こうこう》とした明かりに満ちている。

いつもの待ち合わせよりも六時間以上早い理由は……ここ一週間ほどの生活に起因する。

君鳥ちゃんとオレは夏休みだからとついつい夜ふかしを繰り返し、夜通しボードゲームで遊びまくったり、懐《なつ》かしのアニメを一気見したり、お気に入り配信者の長時間生放送をずっと視聴したり、新作ゲームを最速プレイして時間の概念がぶっ壊れたり……と、物の見事に昼夜逆転生活が板についてしまったのだ。

夏休みは誘惑が多いから昼夜逆転生活には気をつけなければ、と前々から思っていたにもかかわらず、この体たらく。まったく自制心というモノはどうすれば身につくのか。

と、嘆いても始まらないので昼夜逆転生活を矯正することを決意したのだ。

その方法とは、日中に外出して遊びまくることで疲れ果てて夜に眠れるようにする！　という原始的な力技である。無理矢理ではあるが、夏を満喫しつつ生活リズムを整えることができる、という一石二鳥なナイスアイディアなのだ。……それが成功する確率から目をそらせば、ではあるけども。

日中に外出するといっても陰の世界の住人である我々（特にオレ）にとって、真夏の真っ昼間は地獄に等しい。一歩歩くだけでスリップダメージを受けることは間違いないので、段階を踏んでまずは少しずつ慣らしていく、ということになったわけだ。

そして今日、待ち合わせして向かう場所は比辻野《ひつじの》商店街の夜店――即《すなわ》ち、夏祭りだ。

夏祭りは人が多いとはいえ、所詮は田舎。たかが知れている。それに夜はオレ達のテリトリー。実質、陰の世界だ。だから、大丈夫だろう、という考えだ。

「……ほぁ」

オレは気の抜けた声を漏らし、手持ち無沙汰を少しでも解消するため甚兵衛《じんべえ》の袖をいじくった。待ち合わせ時間は二十時半、三十分も前に来たのは流石《さすが》に早過ぎたか。

というか夏祭りに行くために待ち合わせって、ほとんどデートみたいなものでは？

……いや、何でもかんでも色恋沙汰に繋《つな》げるのは悪い思考だ、童貞特有の思い上がりも甚だしい。と、オレは太ももをギュウッとつねって自らを戒めた。

デート云々《うんぬん》は置いておくにしても、まさか、このオレが女子と夏祭りに行く日が来ようとは……。人生とはわからぬものだ。

などとウダウダ考えていると、からんころん、と耳心地のいい下駄《げた》の音が聴こえてオレはハッと顔を上げて刮目《かつもく》した。

「早いですね、せんぱい」

君鳥ちゃんの姿を見て、オレは口をぱくぱくさせることしかできなかった。

まだ二十時五分だから、君鳥ちゃんだって待ち合わせ時間よりもだいぶ早いぞ、と言葉を返す余裕など今のオレにはまったくなかった。ただ、ひたすらに、君鳥ちゃんの姿を網膜に焼き付けて、記憶にガッツリと刻み込むことで精一杯だった。

君鳥ちゃんは、浴衣《ゆかた》姿だった。

涼しげな白い生地に、薄紅色の花柄が映える浴衣を着た君鳥ちゃんはいつもとはまた異なるベクトルの可愛《かわい》さを纏《まと》っている。しかも、ただ可愛いだけでなく、妙な色っぽさも醸《かも》し出《だ》していた。エロいではなく、色っぽいというのがポイントだ。

更に、ふわふわの髪をサイドで二つに結んでいる髪型がこれまた可愛らしくて！　あどけなさと大人っぽさという相反する二つの性質を兼ね備えている。

思わず両手を合わせて拝んでしまいそうなほど、オレは君鳥ちゃんの浴衣姿に見蕩《みと》れていた。

「昔、お母さんに着付けを教えてもらっていて良かったです。……って、先輩？　何を呆《ほう》けているんですか」

オレの顔をのぞき見て、君鳥ちゃんはニヤッと笑った。

「あ〜、もしかして浴衣姿の私が可愛過ぎてビックリしちゃったんですか？」

「ああ。見蕩れていた」

君鳥ちゃんの浴衣姿を見てまともな思考ができなくなっていたのか、オレはダイレクトな感情をそのまま言葉にしてしまった。

「綺麗《きれい》だ、君鳥ちゃん」

「んにゃっ！」

素っ頓狂な声を上げて君鳥ちゃんは浴衣の袖で自らの顔を覆い尽くした。隙間から見える顔はリンゴ飴《あめ》のように真っ赤に染まっていた。

「き、綺麗ってなんですかそれ……。むぅ。先輩のくせにズルいです」

「事実なんだからしょうがないだろ」

「むぎゃー！」

頭から湯気が出そうなほどの勢いで君鳥ちゃんは赤面し、暴走状態でドタバタと公園を走り回った。

「お、おい！　下駄で走り回ると危ないぞ！」

オレの注意で我に返った君鳥ちゃんは肩で息をしながら立ち止まり、そっぽを向いて唇を尖《とが》らせた。

「……せんぱいだって、甚兵衛似合ってますから」

消え入りそうな小声で褒められ、オレも照れ臭くなって「ははは」と乾いた笑い声を上げることしかできなかった。

なんだこの妙に甘酸《あまず》っぱい青春の空気感……！

「ねぇ、せんぱい」

吐息混じりの声でオレを呼び、君鳥ちゃんはもじもじと身をくねらせた。

「浴衣姿だからといって先輩が期待しているパンツの線は透けていませんからね」

青春の雰囲気をぶち壊す言葉を口にして君鳥ちゃんはお尻を向けて、悪戯《いたずら》っ子のように微笑《ほほえ》んだ。

「んなッ！」

君鳥ちゃんの思いがけないムーブにオレは不意を突かれ、油断していた煩悩《ぼんのう》がグサリと刺激されてしまった。

薄手の浴衣からパンツの線が透けていないのは何故《なぜ》なのか、と君鳥ちゃんのお尻をガン見しながらオレは最低な思考を張り巡らせた。透けない工夫をしているのか、透けないパンツを穿《は》いているのか、Tバックを穿いているのか、それとも何も穿いていないのか……と考えれば考えるほど脳みそがグツグツと煮《に》え滾《たぎ》った。

「ふふっ」

折角の青春感が台無しだ、と思いつつもこれはこれでオレ達らしいのか、と半ば無理矢理開き直ることにした。

★　★　★

比辻野商店街に辿《たど》り着《つ》き、ついにオレ達は夏祭りに足を踏み入れた。

いつもはヘンテコな専門店が建ち並ぶマニアックな商店街が今や、大勢の人々で大いに賑《にぎ》わっていた。浴衣姿の男女、子供達、家族、老若男女《ろうにゃくなんにょ》、様々な人々が夏の夜を盛大に楽しんでいる。

心躍る祭り囃子《ばやし》、景気よく輝く提灯《ちょうちん》、そして彩《いろど》り豊かな出店たち。

ああ、これこれ。夏祭りってこんなんだった、とオレは無性にノスタルジックな気分を噛み締めた。確か、最後に来たのは小学三年生くらいだったか。胡散臭い祭りくじを両親にせがんだ記憶がうっすらとある。

「ほわわわ」

君鳥ちゃんも夏祭りに来るのは相当久しぶりのようで、異世界に降り立ったかのような挙動不審さで慌てふためいていた。初めて見る君鳥ちゃんの初々《ういうい》しい反応に思わず笑みがこぼれてしまう。

「何、笑ってるんですか」

オレの背中をぺこんと軽く小突き、君鳥ちゃんは俯《うつむ》いて頬を赤らめた。

「すまん、すまんっ」

君鳥ちゃんを笑いつつも実はオレも内心、想像以上の人の密集率に冷や汗をかいていた。陽のオーラがあちこちから漂ってくる。所詮は田舎だし、夜はオレ達のテリトリーだ、と調子に乗っていたのが嘘《うそ》のようだ。

強面《こわもて》のスキンヘッドのおじさんが横を通り過ぎ、オレは脊髄反射でビクリと身を震わせた。

「先輩だってビクビクしてるじゃないですか、もー」

「しょ、しょうがないだろ、オレは筋金入りの陰キャなんだから……！」

「それを言ったら私だってそうですよ」

君鳥ちゃんはクスクスと笑い、オレの顔を上目遣いで見つめた。

「陰の者同士、手を取り合って夏祭りを攻略しましょう！」

「こ、攻略って……」

君鳥ちゃんが差し出した手をジッと見つめ、オレはゴクリと喉を鳴らした。「手を取り合って」というのは文字通り、物理的に手を繋いでということなのか？　夏祭りで男女が手を繋ぐなんて、それはもうカップルのそれなのではないか？

ドギマギするオレを見据えて君鳥ちゃんはニマニマと笑う。

「ふふっ。冗談ですってば。流石にこんな人前で手を繋ぐのはＮＧです」

いつものおちょくりか……とオレは安堵《あんど》のため息を吐き出しつつ、人前でなければＯＫなのか？　と新たな悶々《もんもん》が脳内に溢《あふ》れかえった。

「せんぱい！」

オレの袖をちょいちょいと引っ張り、君鳥ちゃんは大きく口を開けて言葉を発した。しかし、周囲の人混みの喧騒《けんそう》のせいで「……んぱぃ。……えてます？　……んぱぃ！」と断片的にしか聴きとることができなかった。

んぱぃ、んぱぃ、と謎の鳴き声を発している君鳥ちゃんはそれはそれで可愛いけども。

とはいえ、このままでは埒《らち》があかないのでオレは腰を軽く屈《かが》めて君鳥ちゃんの口元に耳を寄せた。これなら聴きとれるだろう、という単純な考えだったのだが……。

「せんぱい」

君鳥ちゃんの言葉が鼓膜に響いた瞬間、オレは己の過《あやま》ちを悔いることとなった。

「あっちに行きませんか？」

耳打ちをされている状態なので当然、君鳥ちゃんが喋《しゃべ》るたびに甘い声と温かい吐息が耳の中にふわふわと充満し、オレは人混みの中でビクンビクンと情けなく身を震わせた。こんなこと少し考えればすぐにわかるはずなのに……陽のオーラと夏の暑さがオレの思考を鈍らせたのか！　ビクン、ビクン。

「ほら、先輩。美味《おい》しそうなたこ焼き屋さんがありますよ！」

君鳥ちゃんは無邪気に普通の会話をしているだけなのに、オレはひたすらにビクビクビクン。まったくもって何を言われているのか頭に入ってこない。ただ、今は君鳥ちゃんの声の気持ちよさと、大勢の人々がいる場所でビクビクする自分の無様さが混ざり合って頭がどうにかなってしまいそうだった。

★　★　★

いも専門店の屋台で買ってきたさつまいもシェイクをゴクゴクと飲み干し、ひと気のない休憩所のベンチに腰を下ろした。夏祭りの陽のオーラと君鳥ちゃんの不意の耳打ち地獄によって身も心もくたくただ。

汗でうねうねに崩れた前髪を手ぐしで整えながら、改めて夏祭りの光景に目をやった。

深夜徘徊《はいかい》で訪れた時のゴーストタウンのような様相とはまったく異なり、夏を満喫する老若男女で溢れかえって文字通りお祭り騒ぎの商店街。いつもは常連のマニア向けに細々と営業している専門店も「今宵《こよい》は無礼講！」といった調子で奇妙奇天烈《きてれつ》な屋台を展開していた。

たこ焼き、焼きそば、わたがし、リンゴ飴、チョコバナナ、かき氷……といった王道の屋台の群れの中に、マシュマロ専門店のスモア屋台、輸入菓子専門店のカラフルなグミ屋台、天ぷら専門店のアイスクリームの天ぷら屋台、小魚専門店のしらす丼屋台……と変わり種がしれっと混ざり込んでいる。

更には、福袋専門店の胡散臭い福袋すくい、耳かき専門店の耳かき摑《つか》み取《ど》り、薔薇《ばら》専門店の薔薇投げ、というヤケクソのような謎の出店も数多く乱立する。

無礼講とはいえ、それで商売は成り立つのかと心配になってくるが、道行く人々がその手にアイスクリームの天ぷらや、大量の耳かきが入ったビニール袋を持っていることから案外繁盛《はんじょう》していることがうかがえた。流石《さすが》はお祭り効果というべきか。

非日常を楽しむ祭りと、日常がそもそも非日常である比辻野《ひつじの》商店街の前衛的な専門店は相性が良《い》いのかもしれない。日々、どうやって生計をたてているのか不思議な店ばかりだが、こういう時にガバッと稼いでいたりするのだろうか。

考えれば考えるほどわけのわからん商店街だ。

と、苦笑いしながらオレはスモアを一つ口に放り込んだ。サクサクとしたクラッカーと、ふわとろのマシュマロが織りなす甘々《あまあま》なハーモニーが最高だ。そこに続けて、さつもいもシェイクを飲むことで口の中が甘ったるさで支配されるのも非日常的でたまらない。

子供の頃に行ったキャンプで父親が焚《た》き火《び》で焼いてくれたマシュマロの味がオーバーラップし、ほっこりとしたノスタルジーを噛み締めていると、君鳥ちゃんが小走りでやってきた。

「ふぅ。お待たせしました、先輩」

両手に大量の食べ物を抱えて戻ってきた君鳥ちゃんは至福の笑顔で頷《うなず》いた。

「すごい量だな……って、トイレに行っていたんじゃないのか？」

「いやぁ、トイレが激混みでして……代わりに近くにあった屋台で爆買いしちゃいました」

ペロッと舌を出して君鳥ちゃんは微笑んだ。

「トイレ行かなくて大丈夫なのか？」

「一応行っておこうかな、くらいだったので大丈夫です！」

ニコニコの笑顔で言いながら君鳥ちゃんは早速、フランクフルトを一口頬張った。

「はぁ～、美味しい！　ぺこぺこの空腹に染《し》み渡《わた》ります……！」

ついさっきたこ焼きを食べたはずなのだが、と内心思いつつ、君鳥ちゃんの相変わらずの大食いっぷりにオレは思わずニヤけてしまった。大ぶりのフランクフルトをスナック感覚でパクパク食べる姿が実に気持ち良い。

オレの座っているベンチの隣に腰を下ろし、君鳥ちゃんは膝の上に大量の食べ物を積み重ねた。大盛りの焼きそば、ブルーハワイのかき氷、リンゴ飴《あめ》、ハムとチーズのクレープ、しらす丼、ラムネ、ハーブティー、ベビーカステラ、アイスクリームの天ぷら、イカ焼き、オムライス、ざるそば……と見ているだけでおなかが膨れそうなヘビー級が勢揃《せいぞろ》いだ。

「折角の夏祭りですからね、いっぱい食べて飲んで楽しまにゃ損々、ですよ！」

リンゴ飴を舐《な》めて舌を真っ赤にしながら君鳥ちゃんは満面の笑みを浮かべた。

「先輩も食べます？」

そう言って君鳥ちゃんが差し出したリンゴ飴を一瞥《いちべつ》し、素直に受け取っていいものか、とオレは下唇を噛み締めて大いに悩んだ。君鳥ちゃんがぺろぺろしたリンゴ飴をいただくのは流石にマズいというか、煩悩《ぼんのう》がお祭り騒ぎを起こしてしまう恐れがあるし……。

悩むオレの姿を見て、君鳥ちゃんは何かに気づいた様子で「あ」と小さく声を漏らした。が、すぐにいつもの小悪魔な笑みを浮かべてオレに詰め寄った。

「せんぱ～い。もしかして……か、間接キスになっちゃうのを戸惑ってます？　ふふっ、間接キスなんかでドキドキしちゃうなんて先輩はお子様ですねぇ」

と言いつつ、君鳥ちゃんは差し出したリンゴ飴を慌てて手元に戻し、顔を赤くして慌てふためいた様子でバリボリと食べ尽くした。

「あちゃー、リンゴ飴なくなっちゃいました。間接キスができなくて残念でした～」

君鳥ちゃんは早口でまくしたてたあと、今度はホカホカと湯気が漂うイカ焼きをオレの前に突き出した。

「代わりにこれ、差し上げます」

「いいのか？」

「はい。イカ臭い先輩にはぴったりですから」

「い、イカ臭くはないだろ！　……ないよな？」

怖くなったオレはつい、くんくん、と自分の体臭を嗅いでしまった。その様子をサディスティックな笑顔で見つめながら、君鳥ちゃんはフードバッグにギチギチに詰め込まれた大盛り焼きそばを啜《すす》り始めた。

「ふわぁ〜！」

焼きそばを全身で味わい尽くすように、目を細めて君鳥ちゃんは足をジタバタさせた。

「めっちゃくちゃ美味しいです！　この油のギトギト感！　山盛りの豚肉！　白米に絶対に合う味の濃さ！　これぞ夏祭りの焼きそばの醍醐味《だいごみ》ですね！」

目をキラキラさせて焼きそばを堪能《たんのう》する君鳥ちゃんを眺めながら食べるイカ焼きは格別だ。さつまいもシェイクとの組み合わせは中々に最悪だが。

……と、オレがイカ焼きをもそもそと食べている間に君鳥ちゃんは全て食べ終わり、満足そうにおなかをスリスリ撫《な》でて微笑《ほほえ》んだ。あの量を十数分程度で食べ尽くすとは……改めて、この子の胃袋はどうなっているんだ、と驚愕《きょうがく》する。

全てのカロリーがおっぱいに集約しているという説が真実味を帯びてきたな……。

「さーて！　おなかを満たして元気いっぱいですし、今なら陽のオーラにも負ける気がしませんよ！」

「めちゃくちゃ負けフラグなセリフだぞ……」

「ふふん、この私が陽キャに屈するわけがないじゃないですか」

そう言うや否《いな》や走り出して夏祭りの雑踏に飛び込んだ直後、陽のオーラに当てられて顔を真っ青にした君鳥ちゃんは「ぐぬぬ」と絵に描いたような敗北顔を露《あら》わにした。フラグ回収が早過ぎる……。

「あっちの方、人が少ないから行ってみるか」

「は、はひぃ」

人混みに目を回す君鳥ちゃんを何とか引っ張り、陽の密集地を命からがら抜け出した。

正直、君鳥ちゃんに負けず劣らず……いや、君鳥ちゃん以上にオレも人混みに参っていたので丁度良かった。

「ふぅ」

少し人がまばらになった場所まで辿《たど》り着《つ》き、軽く息を吐き出した。人混みでは感じられなかった吹き抜ける夜風が気持ちいい。

「おっ、パーカー専門店の出店があるぞ」

「なんと！」

さっきまでグロッキーだったのが嘘《うそ》のように君鳥ちゃんはぴょこん、と跳ねるようにパーカー専門店の出店に走り寄った。いつもパーカーを着ているくらいだし、よほど好きなのだろう。

「先輩、先輩！　見てくださいっ」

オレを手招きして君鳥ちゃんは無邪気な笑顔でミントグリーンのパーカーを手に取った。

その胸元に月のマークが描かれていることに気づき、オレは「あ、それ」と開口した。

「いつも君鳥ちゃんが着ているパーカーと似ているな」

よくぞ気づきました、と言いたげなドヤ顔で君鳥ちゃんは胸を張った。

「同じブランドですからね」

「へー。あ、これか」

タグに書いてあるロゴを見てオレは首を傾《かし》げた。

「イームーン？　エモーン？　なんて読むんだ？」

「eMoon《イムーン》です！」

闇を切り裂く光のようなピッカピカの笑顔で君鳥ちゃんは答えて、今度は黒色のパーカーに手を伸ばした。

「可愛《かわい》くて、着やすくて、丈夫で、すごく好きなブランドなんですよねー」

「確かに、よく似合っているな」

「う、うゅ！　せ、先輩は時折ダイレクトに褒めてくるから……もう！」

オレの胸板をぽこぽこと叩《たた》いて君鳥ちゃんは頰を膨らませた。

「すまん、気をつける……」

「う……！　き、気をつける必要は……ないかもですがっ」

そっぽを向いて「嬉《うれ》しいですし」と君鳥ちゃんは消え入りそうな声でモゴモゴ言った。

「……ふぃー」

手うちわで顔をぱたぱたと扇《あお》ぎ、君鳥ちゃんは細い息を吐き出した。そして、冷静になったのか、屋台の中央に堂々と置かれているオリーブ色のパーカーを見てパァッと顔を輝かせた。

「うわ～！　これ、新作じゃないですか！　初めて見ました！　かわいぃ～！」

胸元にデカデカとｅＭｏｏｎ《イムーン》のロゴが描かれたオリーブ色のパーカー。少し厚手なので今の季節よりも、秋口から冬にかけて大活躍しそうなパーカーだ。落ち着いた柔らかな色合いが君鳥ちゃんにぴったりで、着ている姿を想像するだけで思わず頰が綻んでしまう。

「うっ……お値段は可愛くないですね」

値札を見て君鳥ちゃんは店員に聞こえないよう小さな声で言ってげんなりした。

「お小遣い貯《た》めて、また買います……」

だったらオレが出すぞ！　と、言いたいところだが、財布の中身が心許《こころもと》ないことを思い出してオレはおずおずと引き下がった。己の不甲斐《ふがい》なさが憎い……。

「まぁ、気を取り直して向こうに行きましょう！　なんだか甘くて美味《おい》しそうな匂いがぷんぷんしますし！」

「ま、まだ食べるのか……！」

「甘い物は別腹ですから」

さっき、甘い物もたらふく食べていた気がするが……。

★　★　★

「オレは尻派だ」

「えー、私は断然頭からパックンチョです」

君鳥ちゃんとたい焼きを頭から食べるか尻尾から食べるかで言い争っていた、その時。

人混みの中で一際《ひときわ》目立つピンク髪の男と目が合ってしまい、オレは反射的に「げ！」と声を漏らしてしまった。

「おいおい、親友の顔を見てその反応はないだろ」

ヘラヘラと笑いながらピンク髪の男が近寄ってきて、オレの肩を馴《な》れ馴れしく抱きしめた。香水か何か知らないが、バニラみたいな甘ったるくて良い香りがするのが腹立つ。しかも、背後に浴衣《ゆかた》女子を三人も引き連れてるし……何だコイツ。

と、オレは中学校の時からの腐れ縁の親友・外村了《りょう》を睨《にら》みつけた。

「親友相手だから、この反応なんだよ」

「つまりスペシャルってことだな」

照れ臭そうに鼻をこする外村のドヤ顔を見つめて、オレは肩をすくめた。外村は性格が悪いことを除けば良いヤツなのだが……。

「……せ、せんぱい」

外村のド派手な外見に陰キャレーダーが反応したのか、君鳥ちゃんはオレの背中に隠れるように後退《あとずさ》ってぷるぷると震えていた。何この可愛い生き物。

「この人はいったい……？」

「クズだ」

ざっくばらんなオレの紹介に外村は嬉しそうに「おい！」とツッコんだ。

「葛田《くずだ》さん、ですか」

「いやいや、違うよー！　俺は外村、蔦見《つたみ》高校一の情報通にして半崎の唯一の親友さ。よろしくね」

外村の明るさに圧倒され、君鳥ちゃんは高速で頭を上下させて頷《うなず》いた。

「先輩の親友って実在する人物だったんですね……」

「あ、当たり前だろ！」

君鳥ちゃんとオレのやりとりを見て外村は爽やかに微笑んだ。

「ははは。可愛いね、後輩ちゃん。俺のことはそんなに怖がらなくて大丈夫だよー。優しいお兄さんだよー」

自然な流れで君鳥ちゃんに手を伸ばそうとした外村を威嚇し、「その薄汚い手で触れるな」と親友に対してとは思えない言葉をドスを利《き》かせた声で言い放った。

「こっえぇ～」

言葉とは裏腹に外村はニヤニヤと笑ってオレの肩を「この、この」と突《つ》いた。君鳥ちゃんとの関係性は軽く話しているとはいえ、一緒に遊んでいる時には出くわしたくなかった。

親友だからといって、下手な情報を握られると何をしてくるかわからないからな……。

「あれ？　もしかして……君鳥ちゃん？」

外村の背後にいた浴衣女子の一人がひょこっと顔を出し、君鳥ちゃんのもとに歩み寄った。

「え……?」

ツインテールをぴょこぴょこ揺らす黄色い浴衣の女子の顔を確認し、君鳥ちゃんは口をぽかんと開けて固まった。

「やっぱり! 君鳥ちゃんだッ!」

「あ……ミカちゃん?」

「うん!」

ミカちゃん、と呼ばれた女子は君鳥ちゃんの言葉に頷き、更にツインテールをぴょこぴょこ揺らしまくった。まるで、懐《なつ》いている時の子犬の尻尾のようだ。

二人の会話に聞き耳を立てていると、どうやらミカちゃんは君鳥ちゃんが小学生の時の友達だったらしい。そういえば、いつぞやの夜に名前を聞いた記憶が薄《うっす》らとある。君鳥ちゃんがまだクラスの中心で、陽の世界にいた時の、友達。

つまり、腫れ物扱いをされて君鳥ちゃんが一人ぼっちになった時の、元・友達。

「えっと……」

君鳥ちゃんは気まずそうに浴衣の袖をいじくり、ミカちゃんの顔をチラチラと見て言葉を詰まらせた。

「あの時はごめんなさい！」

突然、ミカちゃんは頭を思いっきり下げて謝罪の言葉を口にした。

「え、え、え？」

思いがけない行為に君鳥ちゃんはあたふたしてオレに助けを求める眼差《まなざ》しを向けた。が、ここでオレが割って入っても二人の邪魔になるだけだ、とオレは助けてあげたい気持ちを無理矢理呑《の》み込んで首を横に振った。

「休み時間にいっぱいボードゲームしたり、遠足の時に大食い対決したり、ずっと君鳥ちゃんと仲良くしてたのに……あの日以来、喋《しゃべ》らなくなって、ごめん」

ミカちゃんは目に涙を浮かべて、辿々《たどたど》しい声で言葉を紡《つむ》いでいった。

「あの時の君鳥ちゃんに何を言ったらいいのかわからなくて。何を言っても傷つけてしまいそうで。……なんて、言い訳だよね。ただ、私が怖かっただけ。君鳥ちゃんの苦しみに足を踏み入れるのが怖くて、傷つけるのが怖かったの」

「ミカちゃん……」

「クラスのみんなもきっとそうで、その同調圧力で余計に君鳥ちゃんを遠ざけてしまったの。小学校を卒業しても、それは変わらなくて、今までもずっと……私は、君鳥ちゃんから逃げ続けた」

嗚咽《おえつ》交じりの声が底抜けに明るい祭り囃子《ばやし》に呑み込まれていく。それでも懸命に、これまでの過去と向き合って、ミカちゃんは必死に言葉を吐き出した。

「今更、謝って済むことじゃないし、言い訳を重ねてもどうにかなることじゃないよね。だから、これは全部、私の勝手な懺悔《ざんげ》……。ごめん」

頭を垂らしたミカちゃんの両手をギュッと握りしめ、君鳥ちゃんは静かに頷いた。

「勝手でいいよ、ミカちゃん。塞ぎ込んでたあの頃の私も勝手に壁を作ってたんだし。だから……おあいこってことにしよ？」

震える声で君鳥ちゃんは言って、柔らかく頬を緩ませた。それは、おちょくる時のサディスティックな笑顔ではなく、美味しいモノを食べている時の幸せな笑顔でもなく、シリアスな雰囲気の時に見せる穏やかな笑顔でもない、初めて見る笑顔だった。

それはきっと、友達にだけ見せる特別な笑顔。

「君鳥ちゃん……ごめんね……ありがとうっ」

「うん、うん、もういいんだよ、ミカちゃん」

二人は静かに手を取り合い、涙で潤んだ目で見つめ合い、お互いに柔らかく微笑《ほほえ》んだ。

君鳥ちゃんの中にこびりついていた陰が少し剝がれ落ちた、そんな気がした。

「あ。彼氏さんだよね？　ごめんね、お邪魔しちゃって！」

涙を拭ってミカちゃんはオレを一瞥《いちべつ》し、ツインテールをぴょんぴょこ跳ねさせた。対する君鳥ちゃんは顔を真っ赤にして慌てて両手を振り乱した。

「か、彼氏なんかじゃないからッ！」

「えー、そうかなー？　お似合いだと思うけど」

「んにゃにゃ！」

更に赤面して慌てふためく君鳥ちゃんと、口元に手を当ててクスクス笑うミカちゃん。そんな二人をひっそりと眺めていると、突如、外村が開口した。

「聖域だな」

ずっと黙り込んでいたと思ったら、いきなり何を言っているんだコイツ。

「他人が絶対に入り込めない彼女達だけの聖なる不可侵領域、まさに聖域だ。ああ、なんて尊いのだろう……なぁ、半崎」

外村が言っていることには共感できるが、それはそれとして、両腕を組んでうんうんと頷く親友の姿を見て、「なんかコイツ気持ち悪いな」とストレートな嫌悪《けんお》感が湧き上がってしまった。

★　★　★

ミカちゃん達と別れ、人混みに酔って限界に到達した君鳥ちゃんとオレは比辻野《ひつじの》商店街を後にした。筋金入りの陰の者にとってはこれが限界、むしろ、よく頑張ったと褒《ほ》め称《たた》えられるべきだろう。

夏祭り会場から離れるにつれ、祭り囃子が遠ざかって人の数がどんどん少なくなっていく。人が少なくなっていく開放感と共に、非日常から日常に戻っていくような切なさを感じて何だか無性に寂しくなった。

「先輩、すみません」

突然、しおらしい態度の君鳥ちゃんに謝られ、オレは反射的に「新手のおちょくりか！」と身構えてしまった。しかし、今回ばかりは君鳥ちゃんもシリアスモードのようで、しゅんとしたまま言葉を繋《つな》げていった。

「さっき、ミカちゃんとの会話で変なこと言っちゃったじゃないですか」

「変なこと？」

外村が変なことを言っていたのは覚えているが……。変なスイッチが入ったのか、あのあとオススメの百合《ゆり》アニメを長々と語ってきたし。

「先輩のことを、その……か、彼氏なんかじゃない、って強く否定してしまったことです」

「ああ、アレか。そんなこと謝る必要ないだろ、彼氏彼女の関係じゃないんだし」

「で、でも……でも」

しどろもどろになる君鳥ちゃんを一瞥し、もっと気の利《き》いたことを言った方が良かっただろうか、とオレも内心しどろもどろになった。かといって、変に意識していることを言うのも童貞特有の気持ち悪さが出てしまうし……。

オレ達の関係は男女の仲ではない。じゃあ何なのかというと……それが難しい。普通の後輩と先輩の関係性では絶対ないし、ただの友達とも言い難《にく》い。開き直って、添い寝フレンドと言い切るにしても何だか心の中にモヤモヤが残る。

「……すまん」

「なんで先輩が謝るんですか」

頭《こうべ》を垂れたオレを見て、君鳥ちゃんは薄く目を細めてクスクスと笑った。

「……変なこと訊《き》いてもいいか？」

「穿《は》いているパンツの色ですか？　もー、先輩はえっちですねぇ」

「ち、違うッ！」

君鳥ちゃんなりの照れ隠しのようなおちょくりを慌てて否定し、オレは深呼吸をして改めて口を開いた。

「君鳥ちゃんにとってオレはどういう存在なんだ？」

オレの言葉を聞き、君鳥ちゃんはタレ目を大きく開けて固まった。数瞬の間、瞬《まばた》きすらせず——もはや呼吸すらしていないのじゃないか、と思うほどに——オレの顔をジッと見つめ続けていた。

またしても勢いで変なことを言ってしまったか、とドギマギしているオレに対して君鳥ちゃんは「ふふっ」と蠱惑《こわく》的に微笑んだ。

「私にとって先輩は——」

そこまで言って君鳥ちゃんは突然、立ち止まって口をつぐんでしまった。

「君鳥ちゃん？」

毛先を指でくりくりと触りながら、君鳥ちゃんはゆっくりと言葉を紡ぎ出した。

「私にとって先輩は……ムッツリスケベの童貞クソ野郎だけど、いざとなると腰が引けて何もできない臆病チキンの仮性包茎マゾヒストです」

「って、おい」

いつもの罵詈雑言《ばりぞうごん》にオレはガックリと項垂《うなだ》れた。

煙《けむ》に巻《ま》かれてしまったな、と愕然《がくぜん》としているオレの袖を引っ張り、君島ちゃんは目の前の古ぼけた巨大なアーチを指さした。

「先輩、目的地に到着しましたよ！」

そこは比辻野商店街の外れにある、旧商店街の成れの果て。オレ達が生まれる前までは栄えていたという、盛者必衰《じょうしゃひっすい》、諸行無常を大いに感じさせるがらんどうの廃墟《はいきょ》だ。

潰れた当時のままの埃《ほこり》まみれの店、見知らぬ俳優が写っているボロボロのポスター、無秩序に生え渡った雑草、かつては商店街のシンボルだったと思わしき前衛的なデザインのモニュメント、あちこちに点在する瓦礫《がれき》……どこを見ても物々しい雰囲気だ。

月明かりだけが照らす夜だからこそ余計に、とオレは辺りを見回してゴクリと重苦しい唾を飲み込んだ。

「……か、帰るかァ」

若干裏返り気味の声で言ったオレに対し、君島ちゃんは「はて？」と小首を傾《かし》げた。

「来たばっかかじゃないですかー。もっと満喫しましょうよ」

「ま、満喫といってもだな……」

ひゅー、と夜風が吹き荒《ふ》ぶ《すさ》音が聞こえてオレは体を強張《こわば》らせた。

何故《なぜ》こんなところを訪れたかというと、外村に「人混みに疲れたなら、後輩ちゃんとまったりできる場所があるぜ！」とオススメされたからだ。嫌がらせか、君鳥ちゃんとの関係を勘ぐった謎のお節介か、どちらにせよ、してやられた感が否《いな》めない。あいつの言うことをホイホイと信じてしまった自分が悪いとはいえ、今はひたすらにあのピンク頭が忌々《いまいま》しい。

「なんだか、お化けでも出そうな雰囲気ですね」

「へ、変なことを言うんじゃないっ」

ただでさえ夜の廃墟の雰囲気に呑まれかけていたというのに、君鳥ちゃんの何気ない一言で恐怖が助長されてしまった。今すぐにでも踵《きびす》を返《かえ》したいところだが、君鳥ちゃんの手前そんな情けないことをするわけにはいかない。……いや、実際は膝がガクガク震えすぎて逃げたくても逃げられないのだけれど。

「あれれ？　もしかして怖いんですかぁ？　せんぱ〜い」

恐怖に震えるオレを見つめて、水を得た魚のように活《い》き活きとして君鳥ちゃんは満面の笑みを浮かべた。

「ねぇ、先輩。あそこの建物のガラスのところ見てください……ほら、影みたいなものが蠢《うごめ》いていませんか？」

「や、やめてくれー！」

オレは辛抱たまらず耳を塞いでその場にしゃがみ込んだ。

「ふふっ。冗談ですよ、せんぱい」

「ぐぬぬ」

「怖がり屋さんな先輩も面白くて良いですねぇ」

君鳥ちゃんはサディスティックな声色で嘲り笑い、オレの頭をつんつんと突っついた。

「そうだ！　記念に写真を撮りませんか？」

「記念って何のだよ！」

「何って、先輩との夏祭り浴衣《ゆかた》デートの記念ですけど……」

わざとらしく目を潤ませて君鳥ちゃんは足をもじもじさせた。くぅ……あざといとわかっていてもそのムーブはズル過ぎるぞ！

……まぁ、恐怖を紛らわすのにも丁度良《い》いか、とオレは納得して立ち上がった。女子とツーショット写真なんて生まれて初めてだし、これを逃すと一生ないかもしれないし。一瞬、心霊写真というワードが脳裏を過《よぎ》ったが見て見ぬふりをすることにした。

「このアプリ、前々から使ってみたかったんですよねー」

「アプリ？」

「はい。色んな加工とかフレームが使えて面白いんです。ほら！　これは二人が密着するとハートマークが出るんですよ！」

「み、密着……？」

「ほっぺたとほっぺたをくっつけるんです」

「ほっぺたとほっぺた……？」

「もう！　いちいち復唱しなくていいですから！」

オレの反応にしびれを切らした君鳥ちゃんは頰を膨らませた。

「ほらほら、早速やりますよ！」

アプリを使うことが余程楽しみだったのか、君鳥ちゃんは甚兵衛《じんべえ》の袖を引っ張ってオレの体を自分の体に無理矢理近づけさせた。

「先輩、もう少し屈《かが》んで私の身長に合わせてください～」

「ほ、ほァ！」

君鳥ちゃんの勢いにたじたじになりながらもオレは懸命にほっぺたをくっつけようと試みた。もはや、廃墟の恐怖など微塵《みじん》も感じず、今はただただ煩悩《ぼんのう》がよからぬ暴発をしないようにするだけでいっぱいいっぱいだった。

「もうちょい、こっちです……あ」

ぷにっ。

オレのほっぺたと君鳥ちゃんのほっぺたが密着した瞬間、オレの脳内でセンシティブなビッグバンが巻き起こった。

何という柔らかさ……！

これが、君鳥ちゃんのほっぺたの感触！　喩《たと》えるならば、これはまるでアレだ。あの……柔らかくて、ぷにぷにな、アレのようだ。その……なんというか、うん、こういう感じのぷにぷに感が……！　ああ、興奮し過ぎて語彙力が死んでる！

というか！　ほっぺたを密着させるということは、即《すなわ》ち、顔がくっついているということだ！　君鳥ちゃんの顔と、オレの顔が、がっちゃんこ！　目も鼻も、文字通り目と鼻の先！　あまつさえ、唇と唇が今にも触れ合いそうな超至近距離にあるからして！

「はーい、撮りますよー」

頭の中がグチャグチャになっているオレとは裏腹に平然とした様子で君鳥ちゃんはスマホを操作した。しかし、アプリのシステム的にシャッター音が鳴らないため、ちゃんと撮影できたのかがわからなかった。

「き、きみどりちゃん？　……まだ、かな？」

煩悩も然《さ》る事ながら、屈んで中腰になっているせいで足腰がぷるぷるして非常に辛《つら》い。

「ん～。うまく撮れないですね……。あー、ハートマークが消えちゃった。もっとくっつかないとハートマークがちゃんと表示されないみたいです」

人体の構造上これ以上くっつくことはできないぞ！

「ぁん」

突然、君鳥ちゃんの艶《なま》めかしい声が脳髄に雷鳴の如《ごと》く轟《とどろ》き渡《わた》った。

「ちょ、ちょっと先輩……変な硬いモノが腰に当たっているんですけど……」

「んなッ！」

変な硬いモノ？　思い当たる節が一つしかなく、オレは冷や汗を流して慌てふためいた。

が、すぐに自分の下半身の状態を顧みて、コレが君鳥ちゃんの体に当たったら流石《さすが》に気づくはず……どころか、オレの煩悩は更なる有頂天に達しているはずだ、と真実に辿《たど》り着《つ》いた。

「それはポケットに入っているスマホだ！　変な言い方をするんじゃないッ」

オレのツッコミにつまらなそうな表情で君鳥ちゃんは唇を尖《とが》らせた。

「先輩のことだから、こういう状況にかこつけてちくわを擦《なす》り付《つ》けてきたのかと思いました」

ちくわ、という表現にいつぞやの全裸事件がフラッシュバックし、オレは目の前が真っ

暗になった。

★　★　★

ツーショット写真を無事――いや、無事かどうかは甚だ疑問だが――撮り終えた頃にはいつの間にか廃墟の奥地にまで入り込んでしまっていた。お互い写真を撮ることに夢中になり過ぎて周りが見えていなかったらしい。

べこべこにひしゃげたシャッター、人間の顔のように見える錆《さ》び汚れ、『臓物』『眼球』『手首』と意味深な言葉が達筆で書かれた看板……と、物々しい雰囲気どころの騒ぎではない光景にオレは眩暈《めまい》がした。何らかの怪異が普通に潜んでいそうな気がしてならない。

「せんぱい……」

震える声色で君鳥ちゃんに名前を呼ばれ、口から心臓が飛び出るくらいオレはビビり散らした。

「ひぇーぃ！　き、君鳥ちゃん！　流石にこの状況で驚かすのはやめてくれないかッ！」

「違いますっ！　お……おしっこ、行きたいんです！」

「……ほへ？」

思いがけない尿意申告にオレは思わず思考停止してしまったが、君鳥ちゃんの切羽詰まった様子に気づいて慌てて脳みそを再稼働《かどう》させた。

「うぅ……こんなことなら商店街でトイレに行っておけばよかったです」

弱々しく後悔の念を呟《つぶや》き、君鳥ちゃんは浴衣の帯をギュッと握りしめた。

「トイレ、か。ここら辺にはないよなぁ……」

恐る恐る廃墟を見回してオレは腕を組んで首を捻《ひね》った。元は商店街だし、建物の中にトイレはあると思うが、ボロボロ過ぎて流石にそこでするわけにもいかないだろう。

「が、ガマンできそうにないか？」

「ガマンできなくなったから申告したんですよぉ」

半泣きで言う君鳥ちゃんを見て、心の隅で眠っていたサディスティックな感情がムクムクと起き上がるのを感じた。可哀想《かわいそう》だけれど正直、今の君鳥ちゃんハチャメチャに可愛《かわい》いな……。

などと言っている場合ではない！　と、オレは自らの醜い煩悩を戒めた。

「あの……ガマンしているせいでうまく歩けないので……手を引っ張ってもらえませんか？」

そう言って、君鳥ちゃんはオレの左手をソッと握った。

「……ふお？」

またしても理外の不意打ちをくらい、頭の中が虚無になってしまった。

女の子と手を繋《つな》ぐなんて——当然——生まれて初めてだ。少し汗ばんでいるひんやりとした肌の感触、手の小ささにドキドキが止まらない。たぶん、すでに二、三回は心臓が破裂と再生を繰り返していると思われる。

「ゆ、ゆっくり歩いてくださいね……」

「ホァイ」

ここからだと比辻野《ひつじの》商店街に戻るよりも、いつもの公園に行った方が近いだろう。と、オレは目的地を定めて少しずつ歩き始めた。

夜の廃墟《はいきょ》を浴衣女子と手を繋いで歩く、というパッと見はロマンチックな光景だが、その実は尿意が限界に達して半泣きの君鳥ちゃんと、女子と手を繋いで緊張と興奮で頭がどうにかなりそうなオレ（十六歳・童貞）というカオス。

君鳥ちゃんとミカちゃんの尊い会話を眺めていた頃が遥《はる》か遠《とお》い昔に思えてくる。あの時は君鳥ちゃんもまさか自分がこんな羞恥プレイをすることになるとは考えてもいなかっただろう。本当に人生とは何が起こるかわからないものだ……。

ムギュッと、オレの手を握る力の強さから君鳥ちゃんが本当に限界なことが伝わってくる。

　最悪の場合、そこら辺でしろと言うべきなのだろうか？　廃墟だから誰もいないだろうし……。しかし、それは女の子の尊厳を破壊することになってしまう。いや、それでも、漏らすよりはマシなのか？　と、オレは目をぐるぐるさせて答えのない葛藤をし続けた。

「せんぱい……今、お化けが出てきたら自慢のラリアットで撃退してくださいね」

「無茶を言うな！　というか、ラリアットを自慢にした覚えはないぞ！」

「ひぅ！」

　オレがツッコミをした瞬間、君鳥ちゃんは下腹部を押さえて身悶《みもだ》えした。

「お、大きな声を出さないで……くださいっ。膀胱《ぼうこう》に響いて、出ちゃいそうですから……っ」

「スマヌ」

　日本語を忘れたかのようなイントネーションでオレは謝罪した。

「あ、歩けるか？」

　オレの問いかけに君鳥ちゃんはゆっくりと下腹部を撫《な》で、「すー、ふぅ。すー、ふぅ」と深呼吸を繰り返して静かに頷《うなず》いた。下手に動くとヤバいという緊張感と、ゆっくりしているわけにもいかないという焦燥感が伝わってくる。

「い、いけます……」

何とか落ち着きを取り戻した君鳥ちゃんと共に歩き始めた——その瞬間。

ドドドンッ！

夜空に花火が打ち上がり、腹の底に響く重低音が鳴り響いた。

夏祭りの打ち上げ花火に驚いていると、君鳥ちゃんの手を握る力がするりと弱々しくなり、今にもほどけてしまいそうなほど緩まった。が、すぐに力を入れ直して再びギュッと手を握りしめられた。

「君鳥ちゃん……？」

問いかけに返事は何もなかった。

オレの隣で君鳥ちゃんは俯《うつむ》いたまま、小刻みに震えている。花火とは、つまり炎。君鳥ちゃんにとって炎はトラウマだ。突然の花火の大きな音への驚愕《きょうがく》と、トラウマのフラッシュバックが同時に起きているのだろう。

ぽたっ、ぽたっ。

と、汗が滴《したた》り落《お》ちる。

「せんぱい……ぎりぎり、踏みとどまりましたぁ。えへ……ほめてくれても、いいんですよぉ」

疲労し過ぎて舌足らずな口調で君鳥ちゃんはにへらと笑った。しかし、その笑顔は今にも崩れてしまいそうなほど脆《もろ》く、表面張力さながら本当にギリギリ踏みとどまっていることが手に取るようにわかった。

「れも……でも、もう一回……花火が打ち上がったら、ダメ……今度こそ、ぜんぶ出ちゃう、と思います……」

「な、何を言って――」

「だから、私が漏らしちゃっても……き、嫌いに、ならないでくださいね」

君鳥ちゃんは目にいっぱいの涙を溜《た》めて、切ない吐息混じりの声で言った。

これは決して、おちょくりではない。自暴自棄になっているわけでもない。自分の現状を顧みた上での事実として言っているのだろう。決壊が差し迫って限界を超えた限界、それも男の前で――オレの前で、という恥辱と屈辱。

君鳥ちゃんの気持ちを想像するだけで、オレは胸がジクジクと酷《ひど》く痛んだ。

サディスティックな煩悩《ぼんのう》や、廃墟に対する恐怖など、もはや微塵《みじん》もなくなった。今のオレが抱く感情はただ一つ。

君鳥ちゃんを救いたい。

「諦めるんじゃない」

膀胱に響いてしまわないよう、細心の注意を払ってオレは静かな声で言葉を続けた。

「大丈夫だ、君鳥ちゃん。もう少しの辛抱だから」

もし、ここで漏らしてしまったら——たとえ、オレが気にしないと言い張ったとしても——君鳥ちゃんは心に大きな傷を刻むことになる。それは、新たなトラウマとなって君鳥ちゃんの人生を蝕《むしば》んでいくだろう。折角、牛場さんやミカちゃんと仲良くなって、少しずつ陽の世界に戻っていっているというのに……おしっこ一つで陰に逆戻りだなんて、あまりにも悲し過ぎる。

だからこそ、オレは決死の覚悟で君鳥ちゃんに手を差し伸ばした。

「うゅ……でも」

ぷるぷると首を横に振って君鳥ちゃんは涙と汗をぽたぽた、と零《こぼ》した。

「今からキミを抱っこする」

「え？」

オレの突拍子もない発言に君鳥ちゃんは目をぱちくりさせた。

「このまま歩くのは無理だと思うから、オレがキミをお姫様抱っこしてトイレに連れていく。衝撃とか振動には気をつけるし、変なところを触ったりもしない。だから、オレに身を委ねてくれないか？」

「……」

君鳥ちゃんは頬を紅潮させ、こくり、と頷いた。

★　★　★

闇にぽっかりと穴が開いたかのように、丸々とした姿で夜空に君臨する月がオレ達を見下ろしている。浴衣《ゆかた》姿でお姫様抱っこしている青春のエモーショナルな雰囲気を羨んでいるのか、尿意の限界に嘆く君鳥ちゃんと決死の覚悟で歩みを進めるオレを憐《あわ》れんでいるのか。どちらにせよ、今のオレに周りの目を気にしている余裕はなかった。

君鳥ちゃんの膀胱に下手な振動を送らないよう繊細な足取りで、それでいて、慎重過ぎるとトイレに間に合わないので可能な限りスピーディーに。ゆっくりと、早く。急ぎながらも、のんびりと。

「んっ……ぁッ……ふぃっ」

オレの腕の中で縮こまっている君鳥ちゃんが乱れた吐息を漏らす。普段のオレなら煩悩が大爆発してとんでもないことになっていることだろう、と心の中で嘲り笑った。

「もう少し、もう少しだ」

震える君鳥ちゃんに少しでも勇気を与えるため、オレは何度も「もう少しだ」と言葉を繰り返した。それは実質、オレ自身に言い聞かせているものでもあった。

もし、花火が打ち上がったら――。

もし、オレが足を踏み外したら――。

もし、君鳥ちゃんが諦めてしまったら――。

最悪の想像が頭の中でグツグツと煮《に》え滾《たぎ》るたび、オレは血が滲《にじ》むほど歯を食いしばった。

根拠のない希望を我武者羅に振りかざし、無責任な勇気をひたすら掲げて、オレは邁進《まいしん》し続けた。

ただ、君鳥ちゃんのために。

その思いだけでオレは煩悩すらも振り切ることができたから。

「せんぱい……」

オレの首筋に顔を寄せて、とろけた表情で君鳥ちゃんが開口した。

「ああ」

油断しないよう、オレは最後まで細心の注意を払って静かに頷いた。

無秩序にワサワサと生い茂った草むらをかき分け、一輪車の轍《わだち》がうっすらと残った地面を踏みしめ、レトロな色合いの滑り台の横を通り抜け、安っぽいベンチの前で君鳥ちゃんの体をゆっくりと下ろした。

ついに、辿《たど》り着《つ》いたのだ。

いつもの公園。

そこにぽつねんと佇《たたず》む、ちっぽけな男女共同の公衆トイレに。

「お疲れ様、君鳥ちゃん」

見慣れた景色に安堵《あんど》の息を吐き出し、オレは地べたにへたり込んだ。

不幸中の幸いか、花火はあれ以降打ち上がることはなかった。田舎の辺鄙《へんぴ》な商店街の夏祭りなだけあって花火代をケチったのだろう。ショボい田舎町でいてくれてありがとう、比辻野市。

「ありがとうございます、せんぱい」

ガマンし過ぎてふにゃふにゃの声で君鳥ちゃんはへにゃっと笑った。

「じゃあ、オレここで待ってるから」

地べたから這《は》いずって、いつものベンチに腰を下ろそうとしたが「あ、待ってください」と君鳥ちゃんに呼び止められてしまった。

「あの……もしかしたら、花火がまた打ち上がるかもしれないので……ドアの前にいてくれませんか？」

「え？」

花火の音が怖いのはわかるが、とオレは公衆トイレのドアを一瞥《いちべつ》した。

「し、しかし、あのドアの薄さだと……」

「わかってます……。だから、音が聞こえちゃうのは恥ずかしいので、耳を塞いでもらえると助かります。……ワガママですみません」

「いや、それは別に構わないが……」

わざわざドアの前でなくても公園内にいたらダメなのか、と言葉を続けようとしたが君鳥ちゃんの切羽詰まった言葉に遮られてしまった。

「もう！　話を長引かせないでくださいッ！　やっと、トイレに辿り着いた安心感で膀胱ゆるゆるなんですから、これ以上ガマンさせないで――んひゃぅ！」

そう言って君鳥ちゃんは下腹部をグギュウッと押さえてジタバタと足踏みを繰り返した。

「わ、わかった！　オレ、ドアの前にいる！　耳、塞ぐ！　安心、する！」

慌てすぎたせいでカタコトになってしまった……！

オレの言葉を聞いて君鳥ちゃんは涙目の笑顔でコクコクと頷き、凄《すさ》まじいスピードでトイレへと駆け込んでいった。そんな勢いよく走って大丈夫なのだろうか、とハラハラしてしまった。

ドアを閉める直前、君鳥ちゃんはオレを振り返ってたどたどしく開口した。

「どこにも行かないでくださいね、せんぱい」

甘くて、どこか意味深な言葉を残し、君鳥ちゃんはトイレの中に姿を消した。

パタン、とドアが閉まったのを確認し、オレは背を向けて地面に座り込んだ。そして、耳を塞いで、結跏趺坐《けっかふざ》を組んだ。

無事にトイレまで辿り着いて安心したせいか、振り切ったはずの煩悩がムクムクと蘇《よみがえ》ってきている。極度の緊張と責任から解放されたのもあり、いつもよりも暴れっぷりがヤバい気がする。これはいつも以上に精魂込めて挑まねば……！　と、オレは例によって例のごとく般若心経《はんにゃしんぎょう》を心の中でひたすら唱え始めた。

夜の公園のトイレの前で結跏趺坐を組んで般若心経を唱える甚兵衛《じんべえ》姿の男、という新たな怪異が今宵《こよい》誕生した。

第三話「パンツではなく水着ですから」

朝ぼらけの町を新調したサンダルで歩きながら、オレはググーッと伸びをした。

早朝特有の澄み切った空気を肺にたっぷり吸い込み、清々《すがすが》しく白んだ空を見上げた。朝六時前の比辻野《ひつじの》市は深夜とはまた異なる非現実感に溢《あふ》れていて、すっからかんな町並みが逆に爽やかな開放感を演出してくれている。

まだ世界が起きていないような、人のいない静寂。

それでいて、肌をジリジリと焼く夏の暑さ。

静と動、背反する二つの要素が夏休みの遠出というワクワクを更に高めるせいか、今日のオレは異様に浮ついていた。……調子に乗って暴走して新たな黒歴史を作らないようにしないと、とオレは自らの心に釘《くぎ》を刺した。

何を隠そう、今日は君鳥ちゃんと海に出かける予定なのだ。

昼夜逆転生活を矯正するプロジェクト第二弾！

一週間前、夏祭りに行った後なんやかんやで夜ふかしをしてしまって眠れなかったため、更なる荒療治として早朝から遠出してへとへとになるまで遊びまくって夜に眠ってやろう、という半ばヤケクソな計画だ。

夏の海というと陽キャの巣窟《そうくつ》というイメージだが、夏祭りに行ったことで陽のオーラへの抵抗力が多少はできたはず、と信じた上での強行だ。君鳥ちゃん曰《いわ》く「今の私に怖いものなんかないです」とのことだが、正直なところ負けフラグに思えて仕方がない。

君鳥ちゃん、おちょくり性能という意味での攻撃力はめちゃくちゃ高いが、自分が攻められた時の防御力はビックリするほど弱いからな……。

ふにゃふにゃになっている君鳥ちゃんの姿がフラッシュバックし、早速煩悩《ぼんのう》が疼《うず》き始めたところで待ち合わせ場所の比辻野駅に到着した。

「……ふぅー」

邪《よこしま》な煩悩諸共《もろとも》、息を吐き出してオレはベンチにドサッと腰を下ろした。

夏休みとはいえ辺鄙な田舎だからか、早朝の駅に人はほとんどいない。駅員の方が多いくらいで、何だか肩身が狭くなってソワソワしてしまう。

スマホのインカメラで自分の姿を映し、我ながら不器用極まりない手つきで服装を整える。

爽やかなブルーのグラデーションTシャツに、七分丈のカーゴパンツ。それと、無骨なグラディエーターサンダル。

ネットで色々と調べて自分の中で最大限のオシャレをしてきたつもりだが……どうなのだろう。制服以外だと万年ジャージで過ごしているような人間には夏のオシャレはあまりにハードルが高すぎる。

昔、外村にもらった（押しつけられた）よくわからんデザインのネックレスも付けてきたが、これはやり過ぎだろうか？　骸骨と剣をモチーフにしていて大変イカすのだが……少しばかり中二病っぽい気もする。

ネックレスを外すべきかどうか悩んでいると――

「わっ！」

――突然、背後から可愛《かわい》い声で驚かされてオレはビックリしてベンチから転げ落ちた。

そんなオレを見下ろして君鳥ちゃんはニヤニヤと笑いながらも心配そうな顔つきで開口した。

「もー、驚きすぎですよー。私がやりすぎた悪い子みたいじゃないですか」

「す、すまん……」

頭をボリボリかきながらオレは起き上がり、改めて君鳥ちゃんの姿を目視した。

私服だ。

至福の私服だ、とクソみたいなダジャレを言ってしまいそうなほどに可愛い。いつものパーカーや制服、夏祭りの時の浴衣《ゆかた》とは異なるお出かけ用の装《よそお》いという新たな一面に対し、オレはどこに視線を向けて良いのかわからずあたふたと目を回した。

真夏にぴったりなストローハット。中に着ているキャミソールが薄《うっす》らと透けて見える、てろてろな素材のシャツ。清楚《せいそ》でありながらも、動けば簡単に捲《まく》れ上がってしまいそうな丈の短さが大変けしからん水色のプリーツスカート。

青春映画のヒロインっぽいストローハットに、透け感が男心くすぐりまくるシャツに、ダイレクトに煩悩を刺激するミニスカート！　そんな姿の君鳥ちゃんを見て平常心を保てる男がどこにいるだろう？　否！　どこにもいるわけがない。

ゆえに、挙動不審にアバアバと震えているオレは至っておかしくはないのだ。と、自分に言い聞かせた。

「ふふっ、先輩ってばアバアバし過ぎです」

「す、すまん」

出会って早々、二回も謝罪していることから先が思いやられるな……。

「先輩、今日はとってもオシャレさんですね」

「……！　そ、そうかな。でへへ」

　全身を舐《な》め回すようにじろじろと見つめられ、オレは恥ずかしさと褒められた嬉《うれ》しさでデレデレと気持ち悪い笑い声を上げてしまった。

「おー、ネックレスなんて付けちゃって色気づいてますねぇ」

「これは外村がその……」

「言い訳なんかしなくていいですよー。とっても似合っていますから。骸骨と剣がギラギラして大変イカしています！」

　君鳥ちゃんの言葉がオレの心に渦巻いていた不安を一瞬で切り裂き、頭の中が晴れやかに照らされた。

　ネックレスを付けてきてよかった、と喜びを噛《か》み締《し》めた。ありがとう、外村。押しつけられた時は「中学生が修学旅行で買っていそうなキーホルダーみたいだな」って言ってごめん！

「ちなみに、先輩」

　てろてろのシャツの袖口を引っ張ったり、プリーツスカートの裾をさわさわしながら、君鳥ちゃんは言葉を続けた。

「私の、格好は……その、どうですか？」

「か、可愛いよ……」

そりゃあ、可愛いに決まっている！　と、オレは構内に響き渡る大声で叫びたい気持ちを必死に抑え込んだ。

「ふふっ」

オレの言葉を聞いて君鳥ちゃんは嬉しそうに目を細めて微笑《ほほえ》んだ。が、すぐに唇を尖《とが》らせて、オレの顔を上目遣いで見つめた。

「ねぇ、せんぱい。……もっと、もっと、褒めてくれてもいいんですよ？」

君鳥ちゃんの物欲しそうな表情にドギマギしつつ、オレはハッと気がついた。もしかして、夏祭りの時に浴衣姿を褒めたあの言葉を求めているんだろうか？　……何そのいじらしさ、可愛すぎるだろ。

「き」

一文字目を口にして、オレは言葉を詰まらせた。夏祭りの時はナチュラルな勢いで言ってしまったけど、意識して言うとなると緊張感が凄まじい。しかも、君鳥ちゃんのキラキラした目が余計にプレッシャーを与えてくる。

「き、れ……っ」

それでもオレは懸命に言葉を紡《つむ》ぎ、恥ずかしさで血管が千切れそうになりながらも君鳥ちゃんに思いを伝えた。

「……き、綺麗《きれい》だよ、君鳥ちゃん」

「うひひ」

オレの言葉を聞き、君鳥ちゃんは心底嬉しそうに無邪気な笑みを零《こぼ》した。

★ ★ ★

電車に乗る前に腹ごしらえをしておこう、という君鳥ちゃんのアイディアに賛成して駅のすぐ隣にあるコンビニを訪れた。

「あー、新商品出てますねー！」

コンビニに入るや否《いな》や、カップ麺コーナーにいそいそと向かって君鳥ちゃんは朗らかな声を上げた。その手に持つ、にんにくマシマシ塩焼きそばゴッ盛りを見てオレは「朝からへビーだな」と一歩後退《あとずさ》った。美味そうだけども、爽やかな早朝とのギャップがすごい。

「いやいや、流石《さすが》の私でも今すぐは食べませんよ。それに、先輩と一緒にいる時ににんにくはちょっと……」

そう言って君鳥ちゃんは少し名残惜しそうな表情でにんにくマシマシ塩焼きそばゴッ盛

りを棚に戻した。

「お出かけ前の朝ごはんといえば、やっぱりおにぎりですよね！」

次はおにぎりコーナーに移動し、君鳥ちゃんは元気満々な笑顔で超巨大爆弾おにぎりを手に持った。

「へ、へビーだな……」

「そうですか？」

ボケでも何でもないようで、君鳥ちゃんは不思議そうな顔つきで首を傾《かし》げた。

「お出かけ前は、まずは爆弾おにぎり！　って、小比類巻家では定番ですよー」

家族ぐるみで大食いなのか……。

「ちなみに、先輩のお出かけ前の定番は何ですか？」

「定番、か」

家族で最後に遠出したのはいつだったか、と頭を捻《ひね》って懐《なつ》かしい思い出に浸った。

ああ、そういえばオレの家にも定番があった気がする。確か、父さんはお気に入りのメーカーの缶コーヒーとアメリカンドッグ、母さんはペットボトルのほうじ茶と梅のおにぎり二つ……そして、オレは紙パックのリンゴジュースとソーセージのパンだった。

「ああ、これだこれ。懐かしい……このリンゴジュースをいつも飲んでたなぁ。あと、ソーセージのパンを食べてたんだけど、流石にもう同じヤツはなくなっているかな」

パンコーナーを物色し、思い出のソーセージのパンが見当たらないことに寂しさを感じた。

「……あのパンを食べてた頃はまだオレも小さかったしな」

「下半身の話ですか？」

「何故《なぜ》そうなる！」

年月の流れを感じてエモくなっている時に下ネタを吹っかけてくるんじゃない！

そんなこんなで買い出しを終えたオレ達は比辻野《ひつじの》駅に戻り、目的の電車が来るまでの間ベンチに座って朝ごはんを食べることにした。田舎なので電車の本数が少なくて待ち時間がたっぷりあるおかげで落ち着いて食事ができそうだ。

「ふんふんふぃーん」

誰もいない構内で君鳥ちゃんはヘタクソな鼻歌をうたい、満面の笑みで爆弾おにぎりにかぶりついた。「う～ん、朝から食べる爆弾おにぎりは激ウマですっ」と幸せそうで何よりだ。

オレはソーセージのパンの代わりに買ったアメリカンドッグを頬張り、思い出のリンゴジュースをちびちびと口に含んだ。

「甘っ……」

久しぶりに飲んだリンゴジュースの甘ったるさに驚愕《きょうがく》し、オレは顔をしかめた。決してマズくはないが、甘すぎて飲み干すのはかなり気合いがいりそうだ。このジュースをゴクゴク飲んでいた頃が自分にもあったんだなぁ、としみじみ思う。

好きだった商品がなくなったり、味の好みが変わったり、こういう些細《ささい》な変化の積み重ねでオレ達はいつの間にか大人になっていくのだろう。数年したら高校生だったこともノスタルジーな思い出になると考えたらゾッとするが……。

とはいえ、子供の頃から何も変わっていないこともあるけれど。と、朝ごはんと一緒に買った食玩を手に取った。いくつになってもこういうオマケ付きのお菓子には惹《ひ》かれてしまうんだよな。

「……というか君鳥ちゃん、朝っぱらからガッツリだな」

爆弾おにぎりを二つぺろりと平らげたあと、大盛りカツ丼をモリモリ食べている君鳥ちゃんを見てオレはあんぐりと口を開けて固まった。

「真夏の海に突撃するんですから、スタミナをつけるのは当然です。陽キャに負けないよう、これは戦略的大食いなのです」

ドヤ顔でいっぱい食べる君鳥ちゃんの姿はいつも以上にアホの子に見えた。

「真夏の海、か」


夏祭りは何だかんだガッツリ楽しめたが、真っ昼間の海となると完全に陽キャのテリトリーだ。はたしてオレ達は無事に海を満喫できるのだろうか……。

「海といえば、やはり！　海の家の焼きそばです！　夏祭りの焼きそばも最高でしたが、海の家の焼きそばも格別ですから。あぁ～、想像するだけでおなかが空いてきます……！」

と言ったあと、きゅ～っと君鳥ちゃんのおなかが可愛《かわい》らしく鳴った。「おなか鳴っちゃいました」と照れる姿はめちゃくちゃ可愛いが、それ以上に、大盛りカツ丼を食べながらおなかが空くことの凄《すご》さに圧倒されてしまった。

「燦々《さんさん》と照る太陽の下、華やかなビーチでキャッキャうふふと食べるという行為こそが最高の調味料なんです！　ってネットに書いてありました」

最後の一言が哀愁を感じさせる……。

★　★　★

比辻野駅から一時間で目的地の九丈坂《くじょうざか》駅に到着した。比辻野駅で電車に乗った時はガラガラだったのだが、九丈坂駅に近づくにつれ乗客がどんどん増えていき、駅に到着した頃には大混雑になっていた。

人混みを避けて早朝から出発したのに、まさかここまで混むとは……これが夏休みの海の力ということか。

「ふぁー」

大混雑の電車から解放され、君鳥ちゃんとオレはまったく同じタイミングでため息を吐き出した。海に辿《たど》り着《つ》く前からダメージを負うとは、とお互いの陰キャっぷりを笑い合った。

「こんなところで音を上げていたらダメですよ、先輩」

「君鳥ちゃんこそ、海の家の焼きそばのために踏ん張らないとな」

自販機で買ったスポーツドリンクをゴクゴクと飲み干して気合いを入れ、オレ達は意を決して駅から飛び出した。

むわっと、冷房に慣れていた体に真夏の熱気が襲いかかる。更に、鼓膜をつんざくような蟬時雨《せみしぐれ》が降りかかり、真夏の洗礼を一身に浴びた君鳥ちゃんは何食わぬ顔で駅へと後退しようとした。

「お、おい！　君鳥ちゃん！」

「冗談ですって～」

オレのツッコミに眉をひそめて君鳥ちゃんは笑ったが、どこまでが冗談でどこまでが本気かは計り知れなかった。

それから、オレ達はトボトボとした足取りで海へと続く歩道を歩いた。体力を温存するために会話は少なく、暑さに耐え忍んでいるせいで顔は常にしかめっ面《つら》で、端から見たらこれから海に遊びに行くヤツらとは思えないだろう。

雲一つない空はずっと見ていると吸い込まれてしまいそうな恐怖を感じてしまうほどに、青い。そんな夏空に我が物顔で君臨する暴君の如《ごと》き太陽。そして、海へと続く人通りの少ない道を歩く男女。夏を舞台にしたわざとらしすぎる青春映画みたいな光景だな、とオレは心の中で嘲り笑った。

「暑いです……せんぱい」

「ああ」

「そろそろ、帰ります？」

「まだ海にさえ到着していないぞ！」

ただでさえ暑くてしんどいのに無駄なツッコミでエネルギーを浪費させないでくれ。

……と言いつつ、正直君鳥ちゃんの気持ちは痛いほどわかった。このまま帰って冷房をガンガンに効かせた部屋でアイスやらジュースやらを暴飲暴食してしまいたい衝動は常に疼《うず》いている。が、しかし、折角の海なのだ！　それも、君鳥ちゃんとの夏の海なのだ！

こんな珠玉のイベントから逃げるなんてとんでもない！

それに、昼夜逆転生活を矯正するためには逃げるわけにはいかないのだ。

二人の安眠のために。

「ほぁ。先輩、バイタリティーすごいですねぇ。……ああ、成程。海で水着ギャルを見たいという性衝動が先輩を衝《つ》き動かしているんですね。流石です」

「そ、それは……」

違うぞ！　とは言い切れずにオレは言葉を詰まらせた。

男子たるもの、海に来たら水着ギャルを見たいと思うのは当たり前だ。自然の摂理、当然の帰結なのだ。……それに何よりも、君鳥ちゃんの水着姿が見たい！　という煩悩《ぼんのう》丸出しの願望を危うく口に出してしまいそうになり、オレは慌ててゴクリと呑《の》み込んだ。そんなこと言ったら散々におちょくり倒されるに決まっている。

普段ならともかく、この暑さの中でおちょくられるのはお互いに自滅行為でしかないだろう。

「あ！」

そうこうしている内に海が見えてきたことに気づき、さっきまでの泣き言はどこへやらという調子で君鳥ちゃんは砂浜に向かって走り出した。

——その刹那——

突然の潮風で君鳥ちゃんの無防備なプリーツスカートがぶわっと捲《まく》れ上がった。

パンツ。

ミントグリーンのパンツ。

そう！　水色のスカートとの爽やかなコラボレーションが映えるミントグリーンのパンツが！　これでもかと！　それはもう、盛大に丸見えとなったのだ！

僥倖《ぎょうこう》中の僥倖！

肉感的なお尻にみっちりフィットするミントグリーンの煌《きら》めきを見ながら、この瞬間が永遠になれば良いのに、とオレは切に願った。

「……せんぱい」

君鳥ちゃんの冷徹な視線を感じ、オレは慌てて平静を取り繕おうとした。

「な、なにももももなにもなにもぱぱぱぱんぱんぱぱぱん！」

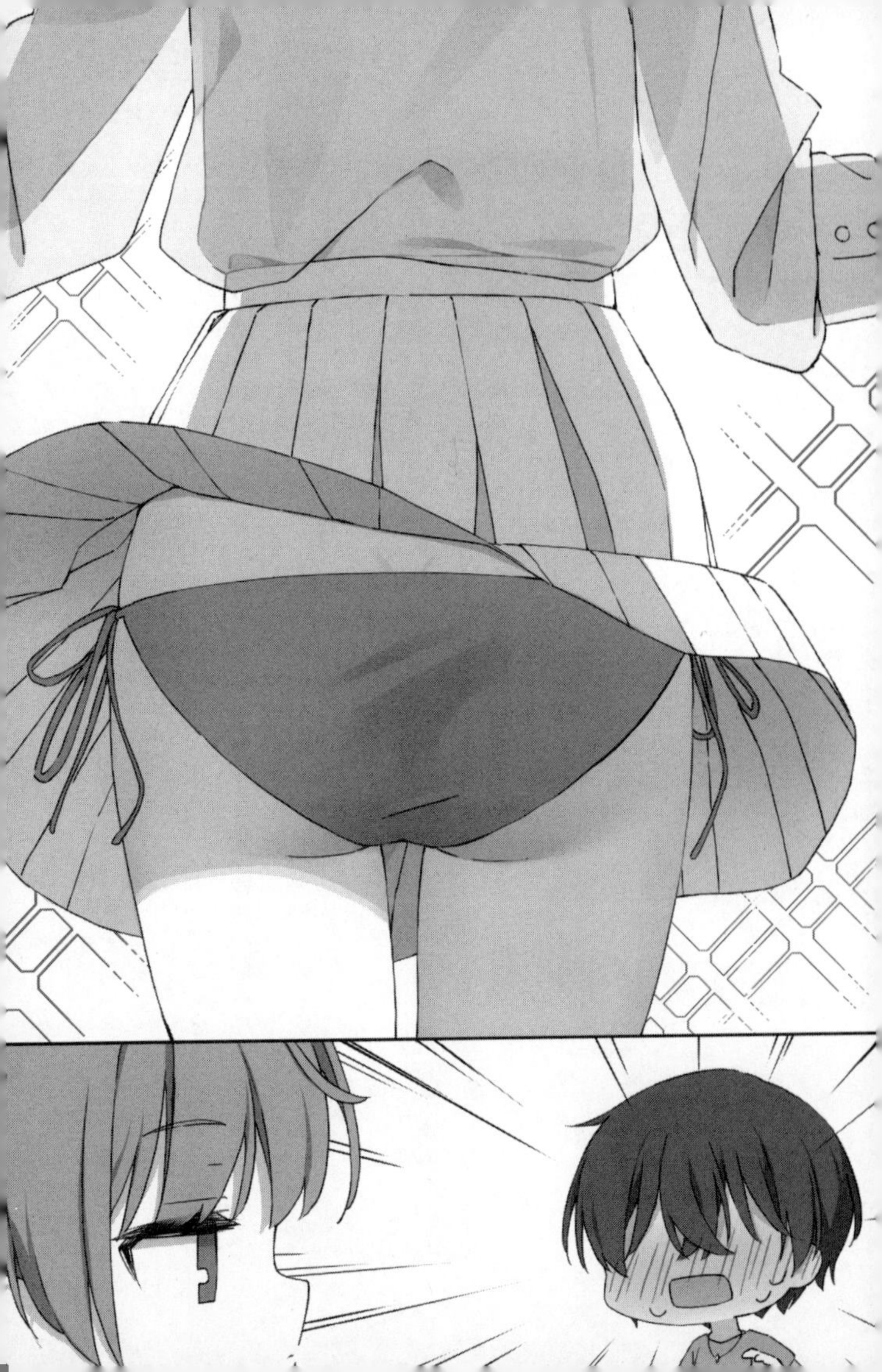

網膜に刻み込まれたパンツの魔力により、平静を取り繕うことはできなかった。

「はぁ」

風に揺蕩《たゆた》うスカートを手で押さえつけ、君鳥ちゃんはジト目でオレを見つめた。

「興奮しまくっているところ申し訳ないですけど、これは残念ながらパンツではなく水着ですから」

そう言って、あろうことか君鳥ちゃんは自らの手でスカートをたくし上げた。

瞬間、世界が爆発した。

それは、四十六億年という途方もない歳月を積み重ねてきた地球の終焉《しゅうえん》であった。人類は肉体という器から解き放たれて精神だけの存在となり、果てしない宇宙へと散り散りになっていった。

そこから大いなる宇宙神話が始まるのだが、それはまた別のお話。


～おしまい～

……などと、壮大な宇宙規模の話が脳内で繰り広げられてしまうほど、君鳥ちゃんのパンツ（水着）の破壊力は凄《すさ》まじいものであった。

君鳥ちゃんは言った。

残念ながらパンツではなく水着です、と。

笑止千万！

呵々大笑《かかたいしょう》！

まったくもって、オレからすれば何も残念ではないのだが！　分類が下着であろうが水着であろうが、形状がパンツであるならばそれはもうパンツだろうが！　君鳥ちゃんにとっては水着でも、オレにとってはパンツであることに断じて変わりはない！　思春期の性欲を——オレの煩悩を舐《な》めるんじゃない！

ゆえに、声を高らかに言わせていただきたいッ！

ありがとうございます、と！

★　★　★

水着《パンツ》に煩悩を炸裂《さくれつ》させて君鳥ちゃんに一通りドン引きされた後、オレ達は無事に海へと辿り着いた。

さあ、太陽の光を浴びてキラキラと輝く海でキャッキャうふふの夏の思い出を謳歌《おうか》するぞ！　と、意気込んだオレ達の前に飛び込んできた光景は……想像していた五倍以上の人でごった返している人混みであった。

念願の水着ギャルが至るところに闊歩《かっぽ》しているが、それ以上に人があまりに多すぎる。密集しすぎて海で泳ぐことはおろか、砂浜でのんびり遊ぶことも不可能なほどだ。

夏休みの海を舐めていたのかもしれない、とオレは自らの浅はかさを痛感した。

ビキニのギャル、小麦色の肌、おっぱい、お尻、陽キャの筋肉、ビキニのギャル、爽やかに笑う陽キャの白い歯、ビキニのギャル、おっぱい、陽キャのブーメランパンツ、筋肉、おっぱい、お尻、筋肉、筋肉、筋肉……。

うっ、男女問わず裸体を見すぎて脳がクラクラしてきた。

イケイケの陽キャグループ、青春を謳歌する同年代のカップル、幸せなオーラを撒《ま》き散《ち》らすファミリー、無邪気にはしゃぐ子供達。と、老若男女《ろうにゃくなんにょ》、多種多様な陽の人々が真夏の海を満喫している。

ゲームで闇属性が光属性に弱い理由を身に染《し》みて実感する。

陽キャ集団とすれ違う時に黙りこんでしまう陰キャ特有のムーブを君鳥ちゃんと共に実

行しながら、オレは今にも溶けてしまいそうな気持ちを必死に抑えて海の家に向かった。

海で遊べなくても、せめて、君鳥ちゃん念願の海の家で焼きそばさえ食べることができたら——と、そんな一縷《いちる》の望みさえも打ち砕く現実が視界に映り、オレは愕然《がくぜん》と立ち尽くした。

「うへぇ」

海の家から伸びる長蛇の列を見て、オレは情けない声を漏らした。

当然、並んでいるのは陽キャ達ばかり。ただでさえ照りつける太陽の下で体力がガリガリと削られているというのに、それに加えて陽キャの群れの中に飛び込むのは自ら死地に赴くようなものだ。

それでも背に腹はかえられない、とオレは決死の覚悟で列に並ぼうと試みたが……。

「先輩。やっぱり、諦めましょう」

「え？」

君鳥ちゃんの弱々しい言葉を聞き、オレは力なく立ち止まった。

「私達には無理だったんですよ……」

「けど、あれだけ海の家で焼きそばを食べることを楽しみにしてたのに……！　そうだ！　オレだけ並んで買ってくるから、君鳥ちゃんは涼しい場所で待っていてくれれば——」

「それはダメです！」

オレの言葉を遮って君鳥ちゃんは強い語気で言い放った。

「……先輩だって、辛《つら》いのわかっていますから。今にも溶けてしまいそうな顔しているのに、無理しないでください」

「う、うぐ……」

君鳥ちゃんに焼きそば一つ買ってあげられない自分の弱さを痛感し、オレは震える拳を握りしめた。

「そんなに思い詰めないでください、先輩」

オレの拳を両手で優しく包み込み、君鳥ちゃんは涼やかに微笑《ほほえ》んだ。

「海の家の焼きそばを食べられないのは残念ですけど……しょうがないんです。ね、せんぱい？　これから二人でコツコツと陽キャレベルを上げて、いつの日か再チャレンジしましょう」

「陽キャレベル、か……」

君鳥ちゃんはともかく、オレにそんなレベルが存在しているかどうか怪しいけども。

「ふふっ。海で陽のオーラに圧倒された今日の思い出も全部、経験値に換えて成長してやります！」

いつの日か海の家で焼きそばを食べられることを夢見て、君鳥ちゃんは野心をメラメラと燃やした。

★　★　★

海から戦略的撤退をした後、オレ達は落ち着ける場所を探して隠れ家的な喫茶店を訪れた。

古民家を改装したアンティークな店内はとても穏やかな雰囲気で、陽のオーラと夏の暑さでボロボロに疲弊した心身を優しく癒やしてくれる。ネットの評価が高く、それでいて、今はほとんどの人が海に行っているため店内は空いているという至れり尽くせりさだ。

静かに流れるジャズに耳を澄ませながら、キンキンに冷えたメロンソーダを一気に飲み干した。パチパチと弾《はじ》ける炭酸が火照《ほて》った体に染み渡《わた》り、体の芯からジワジワとエネルギーが張《みなぎ》ってくるのを感じる。

男一人……少なくとも、オレ一人では入れないようなオシャレな喫茶店で一服できるのも夏の思い出として実に素晴らしい。君鳥ちゃんのおかげで色んな体験ができることを改めて感慨深く思う。

「ふぇー」

テーブル席の向かいに座る君鳥ちゃんは気の抜けた声を漏らした。喫茶店の静かな雰囲気に随分リラックスしているようで、君鳥ちゃんは実家のような安心感でテーブルの上におっぱいをむにゅっと乗せてくつろいでいる。

今の率直な思いを白状すると、机になりたい気持ちでいっぱいだ。

「視線バレバレですよ、せんぱい」

バレてた。

「家でならともかく、こんなところで煩悩《ぼんのう》を炸裂させるのはやめた方が良《い》いですよ。私のためというよりも、先輩のためのガチ助言です」

「……はい」

君鳥ちゃんにガチのトーンで注意され、オレはガチで反省した。

「ふふっ。凹《へこ》んでいる先輩も面白いですね」

オレを見てサディスティックにニヤニヤしていた君鳥ちゃんだったが、注文していたパンケーキが到着した瞬間、子供のように無邪気な笑顔をパァッと輝かせた。

「わぁ〜、おいしそぉ」

ふっわふわのスフレパンケーキの上にはバニラアイスと、カットされたマンゴーとオレ

ンジがたっぷり載っている。まさに、今の時季にぴったりのトロピカルなスイーツだ。

「ほらほら、先輩。いつまでも凹んでないで食べちゃいましょ」

「あ、ああ……そうだな」

目の前に置かれた君鳥ちゃんと同じトロピカルなパンケーキを見つめ、オレは頷《うなず》いた。

反省するところはしっかり反省しつつ、今は夏の甘さに溺れることにしよう。

「いただきます」

パンケーキか、フルーツか、バニラアイスか、どれから手を付けるべきか非常に目移りしてしまう。いっそのこと、全部まとめて一口で行ってしまおうか……いや、流石《さすが》にそれは暴力的すぎるか、とあーだのこーだの悩んでいたオレに対し、君鳥ちゃんはパンケーキとフルーツとバニラアイスをまとめて一口で頰張っていた。

相変わらずの気持ちが良い食べっぷりに思わず頰が綻んだ。そして、折角のスイーツを前にして躊躇《ちゅうちょ》するのも勿体《もったい》ないか、とオレもパンケーキとフルーツとバニラアイスをまとめて口に放り込んだ。

「うっま!」

しっとりとした甘さのパンケーキはとても食べやすく、爽やかでありながらもジューシーなマンゴーとオレンジの食べ応えに加え、バニラアイスのひんやりとした甘さが実にマッチしている。成程、これは一つ一つ食べるよりもまとめて食べることこそが正解だ。

これぞ夏！　といった味に舌鼓《したつづみ》を打っていると、
ピンコーン！

と、君鳥ちゃんのスマホからＬＩＮＥ通知の音が鳴った。

「あ、すみません」

パンケーキから名残惜しそうに目を離し、君鳥ちゃんはいそいそとスマホを取り出してチェックした。

「理々ちゃんからだ。えーと……」

友達からのＬＩＮＥが余程嬉《うれ》しいのか、君鳥ちゃんはニマニマとした顔でスマホを操作している。やっとできた友達に嫌われないよう、失敗しないよう、必死に文面を考えているのだろう。オレにも覚えはある。……もっとも、オレの場合はしっかりと失敗して嫌われてばかりだったが。

ピンコーン！

君鳥ちゃんが牛場さんへ何と返せばいいのかもたもたしている間に、更にＬＩＮＥ通知が鳴った。

「うひゃ。今度はミカちゃんだ」

複数の友達と並行してＬＩＮＥのやりとりをするのが初めてなようで、君鳥ちゃんはあたふたしている。大変そうではあるが、その表情はとても嬉しそうに煌《きら》めいていた。

「いやぁ～、友達が沢山できて陽キャ街道まっしぐらです。でへへ」

見るからに調子に乗っている姿も微笑ましい。

「ふふん。このままだと先輩より早くに海の家で焼きそばを食べちゃうかもですね」

「ああ、そうだな」

「む！　なんですか、その素っ気ない態度。いつもみたいに『って、おぉ～い！　そんなわけあるかいなー！』ってツッコんでくださいよ」

「そんなヘタクソなツッコミをした覚えはないぞ」

君鳥ちゃんが陽キャ街道まっしぐらなのは間違えようもない事実だ。これは決して僻《ひが》みでもなんでもなく。

君鳥ちゃんは小学生の頃は明るくて人気者だった。今は陽のオーラに屈する日陰者だが、それは今だけの話だ。

眠れるようになって、友達が二人もできて、君鳥ちゃんはこれからもどんどん明るい道を進んでいくだろう。それこそ、海の家で焼きそばを食べることなんて簡単にできるくらいには。

……心の片隅でまたしても何かがジクジクと痛んだ気がした。

「ミカちゃん、グランピングしてるんだー。流石は上級の陽キャ……」

スマホの画面を眺めながら君鳥ちゃんはゴクリと喉を鳴らした。

「君鳥ちゃんは友達と遊ばなくていいのか？」

「へ？」

虚を衝《つ》かれたような表情で君鳥ちゃんは目をぱちくりさせた。

「今日、オレと海に来なければグランピングにだって行けたはずだろ？」

「いいんです」

オレの言葉をキッパリと突っぱねて君鳥ちゃんは目を細めた。

「理々ちゃんもミカちゃんも大切な友達ですけど、私にとって最優先は先輩ですから」

そう言って君鳥ちゃんは屈託のない笑顔を見せた。

最優先は先輩……。

正直、その言葉は嬉しい。嬉しすぎてどうにかなってしまいそうなほど、嬉しい。しかし、形容しがたい感情がもにょもにょするのも事実だった。

「せんぱーい。神妙な顔して何考えてるんですか？　しかしもカカシもバッカルコーン、ですよ」

と、君鳥ちゃんはオレの食べかけのパンケーキにフォークを刺し、自分の口の中にひょいっと放り込んだ。

「あ！　最後に食べるために残してたのに！」

「ヘンテコなこと考えて油断してた先輩が悪いんです。ふっふーん」

美味《おい》しそうにパンケーキをもぐもぐし、君鳥ちゃんは満足そうに微笑んだ。

★　★　★

喫茶店でたっぷり休んだあと、君鳥ちゃんの提案で町外れにあるおもちゃ屋に向かうことになった。小学生の頃に両親と一緒に来たことがあって、色んなおもちゃを買ってもらった思い出の場所だそうだ。

「えーっと、確かこっちの道だったはずなんですけど……」

鬱蒼《うっそう》と生い茂った草を払い分けながら、君鳥ちゃんの後を追っていく。

「ふーむ」

スマホのマップと周囲を交互に見比べて君鳥ちゃんは首を傾《かし》げた。

「迷ったのか？」

「いえ、そういうわけではなくて。何と言いますか……子供の頃に見た景色と全然違う気がしまして。私がおっきくなったからなのか、町が寂れてしまったからなのか」

確かに色々とおっきくなっているしな、と最低なことを考えてしまってオレは酷《ひど》く反省した。最低だし、何よりおっさん臭くて最悪だ。

「うへ」

しばらく歩いて辿《たど》り着《つ》いた建物を見て、君鳥ちゃんは顔をしかめた。

雑草が生え散らかした駐車場。廃棄された自転車。赤茶色に変色した笑顔のマスコットキャラ。そして、見るからに廃れているおもちゃ屋の建物。

そう……君鳥ちゃんの思い出のおもちゃ屋は、とっくの昔に潰れていたようだ。

「あー、潰れちゃってたんですね」

物悲しそうな表情で君鳥ちゃんは潰れたおもちゃ屋を見上げた。

「辺鄙《へんぴ》な田舎の店だからネットの情報が更新されていなかったのかもな……」

「諸行無常、ですね」

昔からあったものがいつの間にかなくなっていく時間の残酷さ――世界のスピードをオレ達は改めて実感した。ずっとあると思って安心しているものもこうして、いずれはなくなっていくのだろう。そして、なくなった時に初めて大切さに気づいて後悔するのだ。

「いっぱい歩かせちゃったのに、お店がなくなっててすみません」

「いやいや、君鳥ちゃんが謝る必要はないだろ……って、え？」

喋《しゃべ》っている途中、寂れたおもちゃ屋の傍《かたわ》らに水色のレジャーシートを広げて座っている金髪の女子がいることに気づいてオレは目を見開いた。

「おぇ」

オレの存在に気づいた金髪女子はまるで汚物でも見るような目つきで声を上げた。

彼女は、猫のような可愛《かわい》さと狼《おおかみ》のような美しさを併せ持つ獄氷の姫君《コキュートス・プリンセス》――瑞城美玖《みずしろみく》。

オレのクラスメイトであり、かつてオレが不眠症に陥った原因であり、色々と迷惑をかけてしまった相手だ。……その節は本当にすみません。

「ふん」

不機嫌そうに鼻を鳴らす瑞城さんの格好を見て、オレは「おおっ」と心の中で歓喜の声を上げた。ノースリーブのチュニックに、デニムのパンツというカジュアルな私服！　そう、あの瑞城さんのレアな私服なのだ！

……ノースリーブで無防備な腋《わき》をついつい見てしまいそうになり、オレは男のサガを悔やんだ。

「ジロジロ見すぎですよ、先輩」

ジト目の君鳥ちゃんに脇腹を小突かれ、オレは慌てて襟元を正した。

「やっぱり、あんたらそういう関係なんだ」

「え？　こ、これはえっと……」

瑞城さんの言う『そういう関係』とは、つまり、『恋人関係《そういう》』ということだろう。しかし、君鳥ちゃんとオレは恋人ではない。かといって、ただの友達と言うにはだいぶ後ろめたい。

しどろもどろになりながら何と答えるべきか、とオレは頭を捻《ひね》りつつ君鳥ちゃんを一瞥《いちべつ》した。すると、君鳥ちゃんもオレと同じように——いや、オレ以上にしどろもどろのてんてこまいで困惑していた。

「ふん。どうでもいいけど」

君鳥ちゃんとオレの反応を見て瑞城さんは再び鼻を鳴らした。

「ち、ちなみに瑞城さんはここで何を？」

「ピクニックに決まってるでしょ。見てわからないわけ？」

腹立たしそうに答えて瑞城さんはレジャーシートを指さした。

レジャーシートの上には手作りおにぎりやサンドウィッチがみっちり詰まったタッパーや、ステンレス製の大きな水筒、水色のぬいぐるみのキーホルダーを付けたバスケットなどが置かれている。確かに、ピクニックの装《よそお》いだが……場所が場所なだけに奇妙な雰囲気が漂っていた。

人がいない廃れた場所でピクニックをするのが好き、と以前に言っていたが、こうして潰れたおもちゃ屋で実際にしているのを見ると面食らってしまうな……。

きゅるるるうぅん。

廃墟《はいきょ》と瑞城さんが醸《かも》し出《だ》す冷ややかな空気感とは不釣り合いな可愛らしい音が聴こえた。

その正体は君鳥ちゃんのおなかの音だった。

「す、すみません！」

どうやら瑞城さんのピクニックごはんを見ておなかが空いてしまったらしい。

「……似た者同士ね」

瑞城さんはぶっきらぼうに吐き捨てて、おにぎりを君鳥ちゃんの前に差し出した。

「え？」

目の前におにぎりを突きつけられ、君鳥ちゃんは口を半開きにして驚いた。

「食べる？」

「い、良《い》いんですか？」

きゅうんと可愛らしい子犬の鳴き声のようなおなかの音を鳴らして赤面し、君鳥ちゃんはおにぎりを恐る恐る受け取った。そして、おにぎりを大事そうに両手で持ってオレの顔をチラッと確認した。

「折角だし、いただいたらいいんじゃないか？」

オレの言葉を聞き、君鳥ちゃんはパッと表情を明るくしておにぎりにかぶりついた。

「ふわっ！　中にからあげ入ってる！　ふわわっ、めちゃくちゃ美味しいです！」

おにぎりをぺろりと食べた君鳥ちゃんの表情は、ぺかー！　という効果音が似合いそうな朗らかな笑顔だった。

そんな気持ちが良い食べっぷりに流石《さすが》の瑞城さんも頬を緩め、どことなく優しげな仏《ぶっ》頂面《ちょうづら》で君鳥ちゃんの食事を見守っていた。

「ふぅ、ご馳走様《ちそうさま》ですっ」

行儀良く両手を合わせ、君鳥ちゃんはニコニコの笑顔でぺこりと頭を下げた。

「もう一個食べる？」

「はい！　あ。……そ、そんなにもらっちゃって、良いんですか？」

「多く作りすぎて困ってたところだから」

瑞城さんの言葉に君鳥ちゃんは再び、ぺかー！　と笑顔を輝かせた。

「あ、あの……さっきから気になっていたんですけど」

おにぎりを頬張りながら、君鳥ちゃんはもじもじと瑞城さんに話しかけた。

「そのぬいぐるみって、ズールーラビの限定品ですよね？」

そう言って、君鳥ちゃんはバスケットに付いている水色のうさぎのぬいぐるみキーホルダーを指差した。

確か、ズールーラビというのは比辻野《ひつじの》商店街にあるぬいぐるみ専門店だったはず。いつぞや深夜徘徊《はいかい》をしている時、君鳥ちゃんがお気に入りの店として紹介してくれた覚えがある。

「知ってるの？」

君鳥ちゃんの問いかけに眉をぴくりと動かし、瑞城さんは開口した。

「あ、はい！　私は何を隠そう、ズールーラビの常連さんですから！」

ぽよよん、と胸を張って君鳥ちゃんはガッツポーズした。

「私も結構、常連……かも」

どこか気恥ずかしそうな表情で瑞城さんは言った。

「わー！　ホントですか！　じゃあ、先月の新商品って買いました？」

自分の趣味の話題になったら水を得た魚のように君鳥ちゃんはペラペラと早口で喋り始めた。こういうところ、すごく陰のオーラを感じるな……微笑《ほほえ》ましいけども。

それから君鳥ちゃんと瑞城さんはおにぎりやサンドウィッチを食べながら、ぬいぐるみ談義で盛り上がった。あの瑞城さんが笑顔で誰かと仲良くしていることにオレは驚きつつ、やっぱり君鳥ちゃんは陽の世界で生きる子なんだ、と感じ入った。

「……半崎くん」

ギロッとオレの顔を睨《にら》みつけ、瑞城さんは口をへの字に曲げた。

「さっきから私達のことをニヤニヤした顔で見てるの気色悪いんだけど」

鋭利な氷の刃の如《ごと》き瑞城さんの毒舌がオレの心にグサリと突き刺さった。

★　★　★

空がすっかり茜色《あかねいろ》に染まった頃、門限があるということで瑞城さんと別れたオレ達は九丈坂駅に戻ってきた。しかし、田舎特有の電車本数の少なさにより帰りの電車が来るのはまだまだ先ということで、とりあえず近くのゲームセンターで時間を潰すことにした。

「わー！　このぬいぐるみ可愛いですっ」

クレーンゲームの筐体《きょうたい》に飛びつくようにしてはしゃぐ君鳥ちゃんの姿を見て、オレは顎に手を当てて深く思考を巡らせた。

君鳥ちゃんが欲しがっているからといって何も考えずに金を突っ込んでゲームをプレイするほど、オレは素人《しろうと》ではないのだ。と、オレはクールに筐体を確認した。

アームは……三本爪。

そして、ぬいぐるみの形状や向きや位置を一つずつ入念にチェックする。

君鳥ちゃんが欲しがっているのはデフォルメされたデザインのクリオネのぬいぐるみだ。

成程、これは初期位置からかなり動かされているな。多くの客が取ろうとして何度もプレイした結果、と見受けられる。

随分、溜《た》め込んでいるじゃないか？　とオレは不敵な笑みで筐体を見つめた。

「なんか先輩、キモいですね……」

君鳥ちゃんの心ない言葉をとりあえずスルーしてオレは財布を取り出した。

「え？　先輩やるんですか？　こんなの取れっこないんじゃ――」

「まぁ、見ておくと良い」

そして、オレは数回プレイして自分でも拍子抜けするほどあっさりと、クリオネのぬいぐるみをゲットした。

「うわー！」

排出口からクリオネのぬいぐるみを取り出し、君鳥ちゃんは近年稀《まれ》に見るハイテンションで声を荒らげて飛び跳ねた。

「すごいです！　せんぱい、すごいです！　絶対に負けフラグだと思ってたのに、まさか本当に取っちゃうなんて！」

「フッ、それほどでもないぜ」

飛び跳ねていることで縦横無尽に揺れ動く君鳥ちゃんのおっぱいに心を奪われながらも、オレはクールに言葉を返した。

「クレーンゲームの天才ここに爆誕！　ラリアット先輩の新たな伝説がここに生まれましたね！」

「い、いや、流石にそこまで褒めることではないぞ……！」

もてはやしてくれるのは嬉《うれ》しいが、何だか君鳥ちゃんを騙《だま》しているみたいで心が痛くなり、オレはクレーンゲームについての説明をしようと言葉を続けた。

「三本爪のアームは確率機といって、筐体に一定の金額が溜まるとアームの力が――」

「何にせよ、すごいです！」

オレの説明を遮って君鳥ちゃんは相変わらずのハイテンションで騒ぎ立てた。

「先輩のことを初めて尊敬しました！　これまでは、普段はウダウダと面倒くさい陰キャのくせに独りよがりに暴走しがちで、そのせいで瑞城さんに酷《ひど》いことをして勝手に不眠症になって、何の取り柄もないダメ人間なのに性欲だけは無駄に高いゴミクソカス野郎だと思っていましたけど」

「おい」

割と心に刺さる罵詈雑言《ばりぞうごん》をぶつけられてダメージを受けたが、クリオネのぬいぐるみをギュッと抱きしめる君鳥ちゃんを見て「まぁ、良いか」とあっけらかんと結論づけた。折角君鳥ちゃんが喜んでいるんだし、現実を突きつけてわざわざ夢を壊すこともないだろう。

「良いかい、君鳥ちゃん。クレーンゲームのコツは勝てる戦《いくさ》をすることなんだ。つまり、プレイ中ではなくプレイ前こそ肝心肝要。狩人《かりゅうど》のように着実にゲットできる獲物を見極めるんだぜ」

「うわー。玄人《くろうと》ぶっている先輩が多少ウザいですけど、それはそれとして、カッコイイと思ってしまう自分もいるジレンマです」

「……心の声全部出ているぞ」

我ながら単純なもので、君鳥ちゃんが喜んでくれるならば、と調子に乗って次々にクレーンゲームに挑戦した。おかげで、普段なら大して欲しいと思わないお菓子とか、全然知らないアニメのフィギュアとかをついつい血眼になって取ってしまった。……ゲットした時に君鳥ちゃんが無邪気に褒めてくれるのが嬉しすぎて、つい。

知らないキャラのグッズは外村に押しつけておこう。

「え……嘘《うそ》だろ」

大量の景品を抱えながらスマホで時刻を確認すると、『二十三時四十五分』という信じられない数字が目に見えてオレは放心状態で立ち尽くした。ゲームに夢中になるあまり、完全に終電を逃してしまった……。

「すまん、君鳥ちゃん……！」

「いえいえ、私も夢中になっていましたし。しょうがないですよ。それに、ぬいぐるみをいただけて私は大大大満足ですから」

クリオネのぬいぐるみをムギューッと抱きしめる君鳥ちゃんにほっこりしつつも、これからどうするべきかとオレは頭を捻《ひね》った。

比辻野まで歩いて帰るのは流石に無理がある。田舎の真夜中じゃタクシーも不可能。今から泊まれるホテルを見つけるのも厳しいだろう。ゲームセンターは二十四時で閉店するし、せめて漫画喫茶やカラオケボックスでもあればいいのだが……と、検索しても徒歩三時間かかる場所しか見つからなかった。

徒歩三時間、か。絶対に無理な数字ではないけれど一日中遊んで足腰がヘロヘロの現状では自信が薄れていく。

「ねぇ、先輩」

へこたれているオレの袖口をちょいちょいと摘まんで君鳥ちゃんは開口した。

「海に行きませんか？」

「え？」

思いがけない言葉にオレはアホみたいにポカンと口を開けて固まった。

「幸い、二人とも夜ふかしには慣れているじゃないですか」

★★★

真夜中の海に乱反射する星の光を眺めながら、オレ達は誰もいない砂浜を自由気ままに歩いた。

黒々とした水面はジッと見ていると魂を吸い込まれてしまいそうなほど不気味で、それでいて神秘的だった。人が沢山いた日中の海とはまるで印象が違い、落ち着いた開放感に満ちている。

夜風は涼やかで、星空は煌《きら》びやかで、さざ波の音がとても心地よい。

こんな海を二人きりで独占できるなんて、これも不眠症の特権かもしれないな。なんて、無理矢理こじつけてオレは心の中で苦笑いした。

「せんぱーい！」

君鳥ちゃんは砂浜をとっとこ駆け抜け、オレに向かって手を振った。

「この流木に座りませんかー？　丁度ベンチみたいですし！　あ、先輩は砂浜に正座してもいいですよ？」

「なんでオレだけ正座なんだ」

「だって、先輩は今日だけでも反省すべきことがいっぱいあるじゃないですか」

「ぐう」

思い当たる節がありすぎてオレは言葉を返すことができなかった。

「ふふっ。冗談ですよ。ほらほら、不貞腐《ふてくさ》れてないで座りましょ〜」

君鳥ちゃんに促され、オレはガッシリとした流木に腰を下ろした。

「ガマンの限界です！」

半ばキレ気味に君鳥ちゃんは声を上げ、両手に持っていた大盛りカップ焼きそばを高らかに掲げた。嗅ぎ慣れた香ばしいソースの匂いが夜の砂浜にふわり、と広がった。

「おなかペコペコなので、いただきますねッ！」

よっぽど空腹の限界だったのか、君鳥ちゃんはなりふり構わない形相でカップ焼きそばコンビニで買ってから砂浜を歩いている間、ずっとおあずけ状態だったのが相当しんどかったのだろう。

凄《すさ》まじい勢いでカップ焼きそばを美味《おい》しそうに食べる君鳥ちゃんを見つめながら、オレも自分のカップ焼きそばをいただくことにした。

──ずるるるっ。

ピリッとしたスパイシーなソース、へにょんへにょんのキャベツ、これぞジャンクという食べ応え！　そして、深夜に食べるという背徳感！　もはや母親の手料理よりも食べ慣れた美味さにオレは無意識的に頬を綻ばせていた。

「ふひひっ。やっぱり、私達にはこれが合いますね」

いつ食べても裏切らないカップ焼きそばの安心感に君鳥ちゃんは満面の笑みを浮かべた。

「でも、次に海に来る時は絶対に海の家で焼きそばを食べちゃいましょうね！」

強気で宣言すると共に君鳥ちゃんのおなかから、ぐぅ～！　と勇ましい音が鳴り響いた。

「おなか、また鳴っちゃいました。で、ででも、夏はエネルギー消費が大きいのでしょうがないですよね！」

恥ずかしそうに頬を赤く染めて君鳥ちゃんは両足をパタパタと振り乱した。

「ね、せんぱい」

あっという間に食べ終わったカップ焼きそばに両手を合わせてご馳走様《ちそうさま》をして、君鳥ちゃんはケロッとした表情でオレを見つめた。

「今夜は絶妙な気温で過ごしやすいですし、このまま始発まで海でのんびりしましょっか」

「そうだな」

オレはゆっくりと頷《うなず》き、「近くにトイレもあるから安心だな」とデリカシーなく口を滑らせてしまった。対する君鳥ちゃんは頬をパンパンに膨らませ、夏祭りの恥辱にぷるぷると震えていた。

「す、すまん……」

「もーっ！」

ぷいっ、とそっぽを向いて君鳥ちゃんは膨らませていた頬を緩やかに凹《へこ》ませた。

今更気づいたが、君鳥ちゃんの喋《しゃべ》り方はいつもよりスローに感じられた。どことなく舌足らずで、まったりとしたスピードで喋っている。おそらく、疲れているせいで無意識にのんびりした口調になっているのだろう。

その無防備さに妙な色っぽさを感じ、オレは君鳥ちゃんに気取られないようにドギマギした。

「それにしても、真夜中の海の開放感はすごいですねー」

朗らかな声で言ったかと思うと、君鳥ちゃんは突然上着を脱ぎ始めた。とんでもない光景にギョッとしていると、今度はスカートを慣れた手つきで脱ぎ捨て、どんどん柔肌を公開していった。

「な、なにををををっををッ!」

言葉にならない叫びを上げながらも君鳥ちゃんから一ミリたりとも目を離すことはできなかった。

「水着ですから大丈夫です」

まっ――――たく、大丈夫ではないのだがッ!

「ふぃー」

服を完全に脱ぎ終わり、ミントグリーンの下着姿――いや、水着姿になった君鳥ちゃんはうっとりとした表情で伸びをした。星空の光に照らされて君鳥ちゃんの肢体が神秘的に煌めいている。

君鳥ちゃんのおっぱいをこれまで幾度となく見て、感じてきたが……ここまで無防備な状態を目の当《まあ》たりにするのは初めてであった。水着という防御力がほぼゼロの頼りない布きれに包まれたおっぱいがたゆんたゆん、と揺れ動く様子は記憶に永久保存の破壊力だ。

おっぱいも、おなかも、お尻も、太ももも……何もかもが眩《まぶ》しすぎて、童貞にはあまりに刺激が強すぎる。オーバーキルにもほどがあるぞ。煩悩《ぼんのう》が暴走してどうのこうのする前に安らかに成仏《じょうぶつ》してしまいそうだ。

「ふふっ」

興奮しまくるオレに対し、いつものおちょくりを炸裂《さくれつ》させることなく君鳥ちゃんは目を細めて微笑《ほほえ》んだ。

くうっ、君鳥ちゃんの肢体をめちゃくちゃガン見したい衝動と、それはそれとして魅力的すぎて直視できない理性が頭の中でバチバチにぶつかり合っている。

「真夜中の海で水着になっちゃうなんて、すごくインモラルですね。なんだかドキドキしちゃいます。ふふっ。私、悪い子です」

そう言って君鳥ちゃんは自分の胸に手を当てて、チロッと舌を少しだけ出して笑った。

……手を当てているせいでおっぱいがムニュンと柔らかく形を変えている姿がえっちすぎて、オレは呼吸をするのも忘れてカチコチに固まってしまった。

「悪い子は嫌いですか、せんぱい？」

「……」

「せんぱい？」

魔性のおっぱいに気を取られていて反応ができなかったオレの顔を覗《のぞ》き込み、蠱惑《こわく》的な上目遣いと肉感的な肢体で君鳥ちゃんは詰め寄った。更に、あたふたするオレの耳元にスーッと顔を近寄せ、甘い声でしっとりと囁《ささや》いた。

「勃起しちゃいました？」

温かい吐息と可愛《かわい》い声と共にとてつもなくダイレクトな言葉がオレの鼓膜と煩悩をグチャグチャにかき乱した。

……………。

思考が崩壊した。

きき、きききき、君鳥ちゃんッ！　キミは一体全体何を言っているんだ。そんな破廉恥な格好をして！　おっぱいをぽよよん、ぽよんと揺らしながら！　あまつさえ、耳元で！　あああああ！　今の言葉、今の姿、最高音質最高画質の動画で保存してぇ………！

「ふふふっ」

身悶《みもだ》えするオレを小悪魔な表情で見つめて君鳥ちゃんは心底楽しそうに笑った。

★　★　★

「君鳥ちゃん？」

しばらくオレを水着姿で悩殺しまくっていた君鳥ちゃんだったが、突然黙りこくったかと思うと、安らかな表情で静かに眠っていた。

流木に座ったまま、すぅすぅと寝息を立てている。元気いっぱいに見えていたけど何だかんだ疲労の限界を超えて眠ってしまったのだろう。もしかしたら、真夜中の海の静けさと、心地よいさざ波の音でリラックスして眠気を誘われたのかもしれない。

遊び疲れた子供みたいで可愛いな、とオレはニヤニヤと頰を緩ませた。

はたして、昼夜逆転生活を矯正するための作戦としては成功なのか失敗なのか絶妙なラインだ。これが自宅のベッドの上でなら大成功なのだが……場所が場所なだけに判断が難しい。

とりあえず、水着のままだと色んな意味で危ないので、そっと服をかけてあげることにした。……さっきから寝息をたてると共にリズミカルにおっぱいが揺れていて大変だったのだ。

「むにゃ……」

「君鳥ちゃん？　――ひふぉッ！」

突然、君鳥ちゃんの頭がオレの肩にもたれかかり、柔らかな重圧を感じてオレは素っ頓狂な声を漏らしてしまった。が、すぐに口を押さえて、折角眠れた君鳥ちゃんを起こさないように細心の注意を払って精神を整えた。

素肌と素肌が擦れ合う感触が大変いかがわしくて――って、いかん！　般若心経《はんにゃしんぎょう》！　般若心経！

ドクンドクン、と新たな生命体が誕生しそうな勢いで波打つ煩悩を必死に押し殺し、オレは頭の中でひたすら般若心経を唱え続けた。

今や般若心経を唱えることにも随分慣れてきた。このままではいずれ、般若心経の効果も薄れていって煩悩を抑えることができなくなるかもしれない。そんな最悪の未来を想像し、オレは唇を噛《か》み締《し》めた。

つぅーっと、滴《したた》り落《お》ちた血が砂浜を黒々と濡《ぬ》らした。

「……」

比辻野《ひつじの》商店街の夏祭りも、九丈坂の海も、最高の夏の思い出になった。

けれど、君鳥ちゃんとオレの問題は何も……何一つとして、解決していない。仮に、このまま昼夜逆転生活を矯正することができたとしても、根本の不眠は手つかずだ。所詮、これは問題を先延ばしにしているだけ。いや、逃げているだけだ。

この、ぬるま湯のような甘い日々にズブズブと。

恋人でも、友達でも、普通の先輩後輩でもない、名称不明の都合の良《い》い関係性。

……それでも良いじゃないか、と心の奥底に潜む悪魔が囁くのが聞こえた。

確かに、この現状をダラダラと続けることはきっと幸せなことだろう。

でも——

君鳥ちゃんとオレは、違う。

陽の世界から堕《お》ちただけの君鳥ちゃんと、陰の世界でしか生きられないオレ。

二人の間にある境界線は絶対的で、どうあがいても埋めることのない底なしの溝なのだから。

「だから、君鳥ちゃんのために」

てらてらと煌《きら》めく暗黒の海を見つめ、オレは静かに覚悟を決めた。

第四話　「さようなら、君鳥ちゃん」

ぴんぽーん！

　チャイムを鳴らしてオレは一人、君鳥ちゃんの家の玄関前で佇《たたず》んだ。すると、部屋の中からドタバタと慌てふためく物音が聞こえてくる。しばらくして、勢いよくドアが開かれ、くしゃくしゃの髪を手ぐしで整えながら君鳥ちゃんが顔を出した。

「め、珍しいですね。こんな早い時間に来るなんて」

　オレの背後に広がる真っ赤な夕焼け空を見上げて君鳥ちゃんは「ぜー、はー。ぜー、はー」と乱れた息を吐き出した。

「いきなり来てすまん。タイミング悪かったか？」

「いえいえ、ちょっと油断してただけですから」

　よくよく見ると、君鳥ちゃんが着ているＴシャツが裏表逆になっていることに気がついた。指摘したら逆に辱《はずかし》めてしまうかもしれないし、とはいえ、このままにしておくのもそれはそれで辱めている気がする。と、オレは頭を悩ませた。

そんなオレの苦悩など気にとめることなく、君鳥ちゃんはニヤニヤと小悪魔な笑みを浮かべた。

「せんぱ〜い、もしかして私に早く会いたくなっちゃったんですか？」

「ああ」

オレは嘘偽《うそ》りなく、真っ直《ます》ぐ答えた。

「その通りだ」

「んにゃっ。そ、そこまでド直球に答えられるとは思ってませんでした……！　先輩って案外、攻めの素質ありますよね……」

君鳥ちゃんは頬を僅かに紅潮させ、「どきどき」とわざとらしく擬音を口にした。

「……それで、私に会っていったい何をしようというんです？」

「ナイトルーティーンだ」

「ほわ？」

オレの発言に君鳥ちゃんはタレ目をパチクリさせて硬直した。流石《さすが》に説明不足だったか、と反省してオレは言葉を続ける。

「昼夜逆転生活を矯正する計画も結局うやむやになってしまっただろ？　このままじゃ、

お互いの安眠もズルズルと先延ばしになるだけなのが目に見えている。だから、オレは決意したんだ。お互いに安心して眠れるよう、本気で夜に眠る習慣《ナイトルーティーン》に取り組もう、と！」

「な、何だかすごい気迫ですね……」

「そりゃあ、本気だからな」

これまでのぬるま湯とは訳が違うぜ、とオレは意気込んだ。

「勿論《もちろん》、今日一日で成功させようなんて思っていない。夏休みの残りの期間をたっぷり使って、少しずつ少しずつ、睡眠導入の習慣を定着させていくんだ。安心してくれ、色々と計画を練ってきたから」

「なるほど……」

オレの勢いに呑《の》まれるような形で君鳥ちゃんは辟易《へきえき》気味に頷《うなず》いた。

「理屈はわかりましたけど……でも」

小首を傾《かし》げて、頭の中で言葉を選んでいる様子で君鳥ちゃんは黙り込んだ。

「……変かな？」

代わりに、オレは恐る恐る問いかけた。しかし、君鳥ちゃんは「先輩が変なのはいつものことです」と頬を小さく膨らませた。ディスられたのか、安心させられたのか、何とも言い辛《づら》い絶妙な感覚だ。

「まぁ、こういう時は……」

オレの目をジーッと見つめて、何が言いたいのか察した君鳥ちゃんはやれやれと肩をすくめた。

「しかもカカシもバッカルコーン、ですね」

★　★　★

魔法の言葉で君鳥ちゃんはしぶしぶ納得し、オレを部屋の中に招き入れた。

とりあえず、スーパーで買ってきたからあげ弁当を一緒に食べて、軽くボードゲームをして時間を潰した。窓から見える空が闇に染まってきたのを確認し、そろそろ頃合いか、とオレは居住まいを正した。

「さて、始めるか」

「ナイトルーティーンって何をするんですか？　えっちなことですか？」

「えっちなことではないぞ」

冷静にツッコミを返されて君鳥ちゃんは不機嫌そうに唇をすぼめた。可哀想《かわいそう》ではあるが、おちょくられて君鳥ちゃんのペースに持って行かれると計画に支障が出て、ナイトルーテイーンがグダグダになってしまうからな……。

これはある種の修羅の道、心を鬼にせねば務まらないのだ。

「ナイトルーティーンってのは、つまり、日々の習慣だ。脳と体をおやすみモードに切り替えるため、夜に一連のルーティーンをこなすことで眠るためのリズムを作っていくんだ」

「成程。口ではイヤだイヤだ、と言っていても体は正直だな……ってことですね」

「何でもかんでも卑猥《ひわい》な方向に持っていくんじゃない」

……めちゃくちゃブーメランな気がしたが、とりあえず今は見て見ぬフリをすることにした。いちいち反応していたらこれまでと同じ、元《もと》の木阿弥《もくあみ》だ。

「まずは、軽く水を飲む」

そう言ってオレはペットボトルのミネラルウォーターを君鳥ちゃんに差し出した。

「あんまり飲み過ぎたらダメだぞ。目安としてはコップ一杯分程度だ」

「水分をコントロールされるなんて、飼い主に調教されている気分ですね」

と言いつつ満更でもなさそうな表情で君鳥ちゃんはミネラルウォーターを口にした。

「……変なことを考えるんじゃない」

半ば自分に言い聞かせるようにオレは言い放った。

「次は、トイレに行くんだ」

「トイレに行くことですら先輩の意のままだなんて、もはや私には自由なんてものはないんですね……およよ」

「尿意で夜中に目を覚まさないためだぞ」

「とか何とか言いつつ、目の前で私におしっこさせて征服欲を満たそうとしているくせに……」

「悪意しかない曲解はやめろっ！」

思わず勢いよくツッコんでしまい、オレは慌てて口をつぐんだ。いかんいかん、下手に隙を見せたら君鳥ちゃんにイニシアチブを取られてしまう……。

君鳥ちゃんがトイレに行っている間、脳内でいつもの般若心経をヘビーローテーションさせて必死に心を落ち着かせた。

「……ふぅ」

トイレから戻ってきた君鳥ちゃんに目配せし、オレはスマホを取り出して音楽プレイヤーを操作した。

ざぁ〜。ざぶぁ〜。

ざぁ〜。ざざぁ〜。

スマホから流れるさざ波の優しい音を聴いて君鳥ちゃんは「これは！」と目を輝かせて反応した。どうせロクでもないことを言うつもりに違いない、とオレは察して先手を打つことにした。

「この前、九丈坂に行った時に録音しておいた真夜中のさざ波の音だ。断じて、おしっこの音は意識していないぞ！」

オレの言葉に君鳥ちゃんはつまらなそうに口をへの字に曲げて「むにゅ〜」と情けない声で頷いた。

「環境音を流すことで身も心もリラックスさせるんだ。静かな夜の波の音は一定のリズムを繰り返すから睡眠導入にピッタリだ」

オレが不眠症だった時、環境音を色々と試してみたことがあったがどれも失敗に終わった。しかし、それは環境音だけで眠ろうとしていたからだ。今回はあくまでナイトルーティーンの一環として、一つの要素として使うだけだから効果のほどは問題ない。

「波の音を聴いているとあの日の思い出が蘇《よみがえ》ってきますね」

「ああ、そうだな」

そう！　その思い出が睡眠導入に効果的だ、とオレは踏んだのだ。

君鳥ちゃんは夜に一人で眠るのを恐れている。しかし、録音した海の音はオレと共に過ごした時間も含まれている。つまり、この環境音を聴くことでオレと一緒にいると脳が勝手に錯覚する……かもしれないというわけだ。

「懐《なつ》かしいですね。先輩が私のパンチラに興奮しまくっていたこと、喫茶店で私のおっぱいをマジマジと見ていたこと、瑞城《みずしろ》さんの腋《わき》をガン見していたこと、真夜中の海で水着になった私をいやらしい目で見続けていたこと……」

最低すぎる思い出を供述されてオレは返す言葉もなく「ぐぅ」と己の醜聞を噛《か》み締《し》めた。そんなオレを見て、やっとおちょくりが通用した、と君鳥ちゃんは嬉《うれ》しそうにニコニコと笑った。

「か、閑話休題！」

無理矢理に話題を断ち切って、オレはナイトルーティーンを強行した。

「次は、ぬいぐるみにおやすみを言うんだ！」

唐突なメルヘン提案に君鳥ちゃんは面食らった様子で、さっきまでのおちょくりモードを強制終了させた。ぬいぐるみ好きな君鳥ちゃんにピッタリかな、と思っての提案だったが……流石に子供っぽすぎただろうか？

「ふふっ」

口元に手を当てて君鳥ちゃんは無邪気に微笑《ほほえ》んだ。

「近年稀《まれ》に見るナイス考えですね」

どうやらオレの心配は杞憂《きゆう》だったようで、君鳥ちゃんはウキウキした様子でぬいぐるみ達が飾られている木製の棚の前に移動した。

「この子の名前、覚えていますか？　せんぱい」

君鳥ちゃんが持ち上げたタコのぬいぐるみを一瞥《いちべつ》し、オレは腕を組んで思考を張り巡らせた。

「えーと……確か……変な名前だったはず」

「変な名前って失敬ですねっ」

「すまん！　あ！　思い出した！　タコなのにイカとはこれ如何《いか》に、のイカロスだ！」

「正解ですけど……何ですか、その変な枕詞《まくらことば》」

複雑そうな表情で君鳥ちゃんはタコのイカロスを抱きしめた。

「ま、まぁ、気を取り直して……ぬいぐるみ達へのおやすみの挨拶をしてしまおう」

オレの顔をジロッと見上げ、「しょうがないですね」と君鳥ちゃんは不服そうな表情でタコのイカロスを元の位置に戻した。

「あ、この子の紹介を改めてしておきますね」

そう言って君鳥ちゃんは棚のセンターに堂々と鎮座するぬいぐるみを指差した。それは、九丈坂の海に行った時にオレがクレーンゲームでゲットしたクリオネのぬいぐるみだった。

「この子は新入りながらも私のお気に入りなせいで、他のぬいぐるみ達からバチボコに嫉妬されている設定のクリオネのクリちゃんです」

「イヤな設定だな……」

ぬいぐるみなんだからファンシーな雰囲気で仲良くしていてくれ。

★ ★ ★

ぬいぐるみ達へのおやすみの挨拶を終え、君鳥ちゃんとオレはベッドの上にゆったりと腰を下ろした。

「いよいよナイトルーティーンも後半戦だ。まずは電気を消して、ベッドに横たわる」

部屋の電気を消して、オレの言う通りにベッドに横たわった君鳥ちゃんは暗闇の中でもわかるくらいニヤニヤと蠱惑《こわく》的な笑みを浮かべていた。

「ついに、えっちなことをするというわけですね」

「そんなわけないだろ」

オレは横たわることなく、ベッドに座ったまま君鳥ちゃんに冷静なツッコミを入れた。

ここ最近えっちなおちょくりが増えている気がするが、欲求不満なんだろうか……。いや、初めて出会った時から元々こんな子だったかもしれないが。

……欲求不満な君鳥ちゃん、というワードに思わず下腹部に熱が籠もってしまい、オレは唇を噛み締めて無理矢理煩悩《ぼんのう》を押し殺した。

「そして、ナイトルーティーンの締めくくり……連想式睡眠法だ」

連想式睡眠法とは、関連性のないイメージを次々に思い浮かべることで、思考していない状態を作り出して脳を眠りに導くというものだ。

例えば、『おにぎり』というイメージをまず思い浮かべて、次は『お』から始まる言葉であり『おにぎり』とは関連性のないものをイメージする。『王様』『親指』『オーバーヒート』……と。思い浮かばなくなったら次は『に』から始まる言葉、と繰り返していくのだ。

単純な反復行動によるリラックスと、脈絡のないイメージを繰り返すことで脳をおやすみモードにする、それが連想式睡眠法である。と、ネットで得たうろ覚えの知識を改めて君鳥ちゃんに解説した。

「成程。何だかんだ試していませんでしたもんね」

タオルケットで体を包み込み、君鳥ちゃんは小さく頷《うなず》いた。

「今日は練習ということで声に出してやってみるか」

「では、『お』から始まる言葉で考えますね。うーん、と」

「思い浮かばなかったらスキップしても良いから、リラックスしてやろう。考えすぎたら眠れなくなるからな……まさに、しかしもカカシもバッカルコーンだ」

オレの言葉に「了解です」と頷き、君鳥ちゃんは閃《ひらめ》いた顔で開口した。

「おっぱい！」

元気溌剌《はつらつ》なおっぱい発言に驚愕《きょうがく》するも、『お』から始まる言葉であることに気がついてオレは納得した。いきなりのおっぱいはどうかと思うが、ここで変にツッコミを入れるのも野暮だろう、と衝動をグッと抑え込んだ。

「おしっこ！」

「ちょっと待て！」

抑え込んだばかりの衝動が一瞬で解き放たれてしまった。

「連想式睡眠法を試している最中に何ですか、先輩」

まるでオレがおかしいと言わんばかりのムッとした声色で言われ、思わず怯《ひる》んでしまいそうになった。が、これは新手のおちょくりだと察知したオレは強気で注意することにした。

「お、おっぱいからのおしっこは流石《さすが》に狙い過ぎというか……直接的というか……。そもそも、関連しているワードだろ？」

「関連？」

まったくもって理解できない、という表情で君鳥ちゃんは唇を曲げた。

「肉体の一部と、排泄物《はいせつ》に一体何の関連があるというんです？　皆目見当もつきません。……もしや、先輩にとってはこの二つが何か重要な繋《つな》がりを持っているんですか？」

暗闇のせいで見え辛《づら》いが、君鳥ちゃんがサディスティックな悪魔笑いを浮かべているのが手に取るようにわかった。おちょくりを察知したと思って油断してしまった。やはり、こういう時の君鳥ちゃんは一枚も二枚も上手ということか……。

「ぐぬぬ……わ、わかった。この件は、スルーしよう。変に勘ぐってすまんかった。続けてくれ」

「オナニー！」

舌の根の乾かぬうちに飛び出した言葉に脊髄反射でツッコミをしようとしたが、喉元まで出かかった言葉を呑《の》み込んでオレは唇をギチギチと噛み締めた。

どうせツッコミを入れても反応は同じ、君鳥ちゃんの思《おも》う壺《つぼ》だ。肉体の一部と、排泄物と、自慰行為に何の関連があるのか、と言われるだけに決まっている。折角覚悟を決めて本気でナイトルーティーンに挑んでいるというのに、このままおちょくられて台無しにされるわけにはいかないのだ……！

と、覚悟を新たにした瞬間。

「おちんち――」

「こらーッ！」

君鳥ちゃんが言い終える前に辛抱できず、オレはベッドから立ち上がって大声でツッコミを入れてしまった。

「うわぁ……。こらーッ、って生で怒っている人初めて見ました……」

★　★　★

「ふぅ」

電気を付けて君鳥ちゃんはベッドから起き上がった。

連想式睡眠法でツッコミ疲れてしまったので一旦、休憩することになったのだ。連想式睡眠法でツッコミ疲れるってどういうことだよ、と我ながら困惑する。そして、おちょくり大好きな君鳥ちゃんをナイトルーティーンで眠らせることは想像以上に前途多難であることを痛感した。

だが、たとえ茨の道でも、修羅の道でも構わず突き進むと覚悟を決めたのだ。今更、怖《お》じ気《け》づくつもりは毛頭ない。オレは決して諦めんぞ！

「休憩がてら小腹を満たしましょうか」

決意に燃えるオレとは対照的に君鳥ちゃんはまったりした様子で段ボール箱からカップ焼きそばを取り出そうとゴソゴソした。が、途中で「あ、そうだ」と思いとどまって首を横に振った。

「こんな夜中にガッツリ食べたら体に悪いですね」

「確かに、そうだけども……今更過ぎるな。もしかして、ダイエットでも考えているのか？」

ショートパンツから伸びる健康的な大変けしからんムッチリ太ももを一瞥し、ダイエットなんて必要ないのに、とオレは首を傾《かし》げた。

「いえいえ、ダイエットなんて微塵《みじん》も考えていませんよ。ただ、たまにはヘルシー志向もアリかな〜、と思いまして」

「ヘルシー志向、か」

君鳥ちゃんといえば大盛りカップ焼きそば、あるいは炭水化物のドカ食いだ。ヘルシー志向な君鳥ちゃんをまったく想像できず、オレは更に首を傾げた。

「ぴこーん」

何か閃いたオノマトペを口にして君鳥ちゃんは部屋を出て、冷凍庫の引き出しを漁《あさ》り始めた。冷凍庫……ヘルシーと言いつつアイスでも食べるつもりなのだろうか、と考えていると……、

「さーて、君鳥ちゃんクッキングのお時間です」

とニマニマした顔で冷凍庫から取り出した緑色の物体を大量に大皿の上に山盛りにした。更に、その上にスライスチーズを何枚も重ね、ドヤ顔と共に電子レンジへとぶち込んだ。

数十秒後、チン！　と音が鳴った。

熱々のお皿をガラステーブルの上に置き、君鳥ちゃんは「ばよんばよよ〜ん」とヘンテコな擬音を口にした。

むわっとする青臭い匂いと共にお出しされたそれは……とろとろのチーズがたっぷりかかった山盛りのブロッコリーであった。

成程、これは確かにヘルシーだ。しかし、野菜があまり好みではないオレにとっては中々にしんどい光景でしかない。

こんなもんミニチュアサイズの森だろ、とげんなりしているオレに気がついた君鳥ちゃ

んはニコリと微笑《ほほえ》んで胸を張った。

「大丈夫ですよ、先輩。野菜感丸出しですけど、ブロッコリーって案外食べやすいですから。モッツァレラチーズもたっぷりかかっていますし、何より！　ケチャップをかければ、最強無敵の無限ブロッコリーに早変わりですっ！」

ブロッコリーへの熱量がすごい……。

「はい、先輩のお好みの量をぶっかけちゃってください」

そう言って手渡されたケチャップを構え、オレは山盛りのブロッコリーと向き合った。

「ふむ。そこまで言われると食べたくなってくるな」

と、ケチャップの容器を軽く搾ってみるが、ぷひっ、と空気の抜ける音がしただけだった。中が詰まっているせいだろうか？

「あー、先輩。そんなんじゃダメですよ。しっかり、ギュギュッと握らないと」

「わかった」

君鳥ちゃんのアドバイス通り、今度は力を込めてケチャップを搾り出した。

「おっ、そうですそうです。ふふっ、いいですね。はい、いーっぱい、ぴゅっぴゅしちゃってくださいねぇ」

耳元で淫猥《いんわい》な雰囲気の言葉を囁《ささや》かれ、全身がムズムズしてオレは身悶《みもだ》えた。ただケチャップを搾っているだけだというのに、君鳥ちゃんの言葉を淫猥だと勝手に思うオレが悪いのか？　それとも、君鳥ちゃん自身が淫猥なのか？　どっちなんだ？　どっちもなのか？

「お～……どぴゅ、どぴゅっ、って沢山出てますね。どうです？　いっぱい出て気持ちが良《い》いですか、せんぱい？」

「き、気が散る！」

耐えきれずに大声を出した瞬間、想像以上に力んでしまい、びゅるるるるるっ！　と、凄《すさ》まじい勢いでケチャップが噴出し、ブロッコリーを超えて君鳥ちゃんにまでぶっかけてしまった。

「んにゃ！　ちょ、ちょっと、せんぱい……！　あ、あ、あぁ～。……もぉ、出し過ぎですよぉ。あーあ、べとべとです……」

ケチャップまみれの手をぺろっと舐《な》めて、君鳥ちゃんは眉を八の字に曲げた。

「す、すまん……！」

「も～。先輩ってば、お盛んですね」

この期《ご》に及んで煩悩を刺激してくるとは……油断も隙もないな。

「さてさて、性欲も良いですが今は食欲です！　君鳥ちゃんの手料理をたっぷり召し上がれ～」

これを手料理と言っていいのだろうか、と思いつつオレは促されたブロッコリーを一つ口に放り込んだ。

もぐもぐ、と咀嚼《そしゃく》する。

おお！　想像していたブロッコリーの野菜感がまるでないぞ！　というより、ケチャップとモッツァレラチーズの主張が激しくてブロッコリーはもはやただの食感だけの役割を果たしている。味はピザやドリアみたいな感じで食べやすく、そこに加えてブロッコリーの食べ応えのある食感が最高にマッチしている。

成程、これは無限に食べられるというのも嘘《うそ》ではないな！

「美味《うま》い！」

「ふへへ。そう言っていただけて嬉《うれ》しいですっ」

オレの感想を聞いて君鳥ちゃんは少し照れ臭そうに、それでいて満更でもなさそうに、目を細めて微笑んだ。そして、流れるような箸捌《さば》きで次々にブロッコリーをモリモリと食べ始めた。

まるでスナック感覚でブロッコリーの山を崩していく君鳥ちゃんの食べっぷりが大変気持ち良い。……と、ぼけーっと眺めているとあっという間に山がなくなっていることに気がついて、オレの食べる分がなくなる！　と慌てて箸を差し伸ばした。

★　★　★

ブロッコリーをたらふく食べ終え、おなかも満たされたことで改めてナイトルーティーンを再開しようとした、その時。

「睡眠導入なら、アレがやりたいです！」

と、君鳥ちゃんは右手を高らかに挙げた。

「アレ？」

君鳥ちゃんの提案というだけで身構えてしまう。

「瞑想《めいそう》、マインドフルネスですっ」

以前、瞑想という名の目隠しプレイで散々におちょくられた記憶がフラッシュバックし、オレは体をビクビクと震わせた。煩悩《ぼんのう》を抑えるために始めた瞑想のせいで逆に煩悩が大爆発する結果になったのだ。……あれは実質不純異性交遊と言っても過言ではないだろう。

「先輩は思っているはずです。私がちゃんと言うことを聞いて、おちょくったりしなければナイトルーティーンはスムーズにできるはずだ、と」

「自覚あるのかよ」

「癖になっているんです、先輩をおちょくること」

腕を組んで「困ったものです」と君鳥ちゃんは深いため息を吐き出した。

「というわけで、瞑想をすることでおちょくり衝動を抑えようというわけなのです！」

「う、うーん……言い分は理解できたが……しかし」

思い悩むオレの鼻《はな》っ面《つら》をツンツンと突っつき、君鳥ちゃんは頬を緩めた。

「何事もやってみなければわかりませんよ」

「それは確かに、そうだが……」

瞑想をしたところで君鳥ちゃんがおちょくりを抑えられるようになるとは到底思えない。

というか、瞑想をやることとさえ新たなおちょくりの導入なんじゃないかとすら疑ってしまう。

流石《さすが》に邪推し過ぎだろうか？　いや、これまで何度も同じ過《あやま》ちを繰り返してきたわけだし……と、頭の中でゴチャゴチャと考えている間に君鳥ちゃんはアイマスクを装着し、柔らかいクッションの上に腰を下ろしていた。

「さ〜て、無我の境地に到達してやりますよー！」

瞑想ってそんな意気込んでするものではないと思うが……。

「先輩！　ただボーッとしているだけじゃ効果は薄いと思うので、色々と妨害してくださいね」

「ぼ、妨害？」

「はい。以前、私がやったようなこととか、先輩が思う妨害行為をたっぷりお願いします。それを耐え忍ぶことができればマインドフルネス成功ですから」

以前、君鳥ちゃんにやられたのは……耳元で梨を食べる咀嚼音を聴かされたこと、目の前で服を脱いで誘惑されたこと、フェイントで墓穴を掘らされたこと、そして想像力を広げられた末に放置プレイされたこと。

……どれもこれもオレがやるにはハードルが高過ぎる。強いて言うなら、放置プレイならやりやすい気もするが。

「あ、放置プレイはダメですよ。あれは私だけのスペシャル奥義《おうぎ》なので」

わけのわからん理屈で唯一できそうなことを封じられ、オレは途方に暮れた。

「よいしょっと」

小さなかけ声と共に君鳥ちゃんは結跏趺坐《けっかふざ》を組んだ。

うっ……！　肉感的な太ももと、見えそうで見えないショートパンツの隙間がオレのいたいけな煩悩をかき乱す！　しかも、君鳥ちゃんはアイマスクをしているのでオレがどれだけガン見しようと気づかないという無防備さ！

信用されているのか、舐められているのか定《さだ》かではないが……どちらにせよ、これはオレにとっての試練でもあることは間違いない！

目の前の君鳥ちゃんの無防備なエロスから耐え忍ぶ胆力が試されているのだッ！

「せんぱい？　えっちなことは……なるべく、しないでくださいね」

君鳥ちゃんの蠱惑《こわく》的な声はまるで男を誘惑する魔物サキュバスのようであった。――って、後輩の女の子相手にサキュバスという表現を使ってしまうなんて何事だ！　むしろオレが煩悩丸出しのインキュバスなのだ、恥を知れ！

ぱちんッ！　と、自らの両頬を思いっきり叩《たた》いて活を入れ直した。

「ひょわっ、なんですか今の音……？」

オレが自分自身をビンタしたとは思いもよらず、謎の音に対して君鳥ちゃんはぷるぷると身を震わせた。

「すぅーっ……はぁ～っ。すーぅ……はっー」

煩悩を鎮《しず》めるために深呼吸を繰り返したが、それに対しても君鳥ちゃんは「な、何か吸ってます？　もしかして私の体の匂いを嗅いでるんですか？　ひ、ひぇ」とか細い声で不安を漏らしていた。

オレに負けず劣らず敏感だな、この子……。

「ふぅ――――っ」

長く、深く、息を吐き出してオレは精神統一を済ませ、改めて妨害行為を思案した。

視覚を封じられている相手に対して一番の妨害はやはり、聴覚を刺激することだろう。

オレも耳を攻めてみるか、と考えた矢先、いつぞやの夜に君鳥ちゃんを耳かきでいじめ抜いてしまった記憶が蘇《よみがえ》った。あの時のようなことをしでかしたら今度こそオレは煩悩に支配されて後戻りできなくなりそうだ、と現実味のある恐怖が心の中に渦巻いた。

エロスとは無関係な妨害はないものか、と考えた末に部屋の片隅に積み上げられている段ボール箱が視界に入ってハッと思いついた。

そうだ！　目の前でカップ焼きそばを食べるのはどうだろう？　香ばしいソースの匂いで嗅覚を刺激し、麺を啜《すす》る音で聴覚を刺激し、君鳥ちゃんの食欲をひたすらに刺激しまくるという寸法だ。

これなら実に健全だぞ！　と、意気揚々と行動に移ろうとした瞬間――

「せんぱい～」

――君鳥ちゃんに声をかけられて阻《はば》まれてしまった。

「あのー、瞑想中に大変申し上げにくいんですが……先輩にやってほしいことがありまして」

「お、オレに？」

「はい。さっき蚊に刺されちゃいまして、めちゃくちゃ痒《かゆ》くてしょうがないんです」

そう言って君鳥ちゃんはもじもじと身をくねらせた。

「このままだと瞑想に集中できないので先輩にかいてほしいんです」

「自分でかけばよくないか……？」

「でも、それだと瞑想を中断することになってしまいますし」

変なところで生真面目だな……。まぁ、おちょくりとは違うみたいだし痒いところをかくくらいやぶさかではないが。

「で、どこを刺されたんだ？」

「ここです」

君鳥ちゃんが指差した部位を見てオレは絵に描いたようにギョッとした。

そこは骨盤と膝の間に位置する部位、大腿部《だいたい》……即《すなわ》ち、ショートパンツから無防備に剥《む》き出《だ》しになっている、むっちりと肉感的な太ももであった。

確かに、太ももの中心部分に大きく膨らんだ虫刺されがあるが、これをオレにかけと言っているのか？　この白くて柔らかな太ももに指を這《は》わせて、カリカリしろと仰《おっしゃ》るか？

バカな、こんなもの下手なおちょくりよりも遥《はる》かにセンシティブではないか……！

とんでもない提案に戦慄《わなな》くオレの葛藤など露知らず、君鳥ちゃんは「かゆいので早く何とかしてくださいー」と甘い声で懇願していた。

「くっ……致し方ない」

これも煩悩を抑えるための試練と受け取り、オレは唇を噛《か》み締《し》めた。

「南無三！」

気合いの叫びと共に君鳥ちゃんの太ももに指を伸ばした。想像を絶する太もものむにむにな柔らかい感触に意識を持っていかれそうになったが、噛み締めた唇の痛みのおかげでギリギリ踏みとどまることができた。

脳内で唱える般若心経《はんにゃしんぎょう》と唇の痛みにより何とか平静さを取り戻し、このままの勢いに乗せてさっさと終わらせてしまおう、とオレは意を決した。

「ここ……だな」

蚊に刺されてぷっくりと膨らんでいる部分を優しく撫《な》で上《あ》げ、オレは問いかけた。

「んっ……んぃ……そ、そこですっ」

君鳥ちゃんの漏らす甘い吐息が煩悩をこれでもかとまさぐってくるが、それでもオレは懸命に耐え忍んだ。これは試練だ、これがオレの覚悟だ、無我の境地だ、と何度も何度も自分に言い聞かせて――。

「せ、せんぱっい……ちゃ、ちゃんとかいてくださいぃ」

君鳥ちゃんの泣きそうな声を聞き、オレは目を見開いた。決死の覚悟のおかげで煩悩を抑え込んでいるのは事実だ。だが、しかし、オレの心とは裏腹に体は言うことを聞かず、指先が凄《すさ》まじい勢いで震えていることに気がついた。

極度の緊張のせいか、オレの意思ではどうにもならないほど指先が振動している。これでは狙いも定まらず、力の強弱もままならない。その結果、無軌道に震える指先は君鳥ちゃんの痒い部分の周囲だけを弱々しい力で撫で回していた。

そう、オレは知らず知らずの内に君鳥ちゃんを焦《じ》らし尽くしていたのだ。

「そこじゃな……い、ですからっ。んっ……んくっ……はやく、かいて……くださっ……ひぐっ」

途絶え途絶えの言葉で君鳥ちゃんが必死に訴えている姿を見て、オレの心に醜い邪念が陰るのを感じた。

オレの指先が勝手に、オレの思いとは裏腹に、君鳥ちゃんをいじめ抜いている。いつも可愛《かわい》くて、無邪気に笑って、オレのことをおちょくり倒してくる君鳥ちゃんがこんな姿を晒《さら》しているなんて……！

ごぬるッ、と喉が唸《うな》った。

いつぞやの夜のようにサディスティックな感情がグツグツと湧き上がってくる。

これまで何度も救われた般若心経の効果は今やほとんど薄まり、唇が千切れんばかりの痛みですらも歯止めをかけることができず、グツグツと煮《に》え滾《たぎ》るマグマのような煩悩《ぼんのう》が心の中を焼き尽くす。

絶望にも似た感情を抱いた瞬間、オレの指先の震えは止まった。

「…………」

今なら、君鳥ちゃんの望み通り痒い部分をかくことができる。それはもう思うがまま、カリカリとかきまくることができる。しかし、ここまで焦らしに焦らされた後でそんなことをされたら君鳥ちゃんは――

そこまで考えて、その先に待ち受ける未来をわかった上で、オレは震えることのない指先を君鳥ちゃんの太ももに差し伸ばした。

頭の中に響く般若心経の音量は酷《ひど》く小さく、か細く、今にも消え入りそうだった。

――カリッ。

「ふゃッ！」

オレは、君鳥ちゃんのぷっくりとした膨らみを指先で優しく引っかいた。

「ん……っ」

カリカリ、カリ……。

「……せんぱっ……ぃっ」

カリッ、カリッ、カリッ……。

「あふっ……！」

カ、カリ…………カリカリカリカリッ！

「んッ――――っ！」

ふにゃふにゃの表情で身悶《みもだ》えして君鳥ちゃんはオレの指先一つで快楽に溺れて、沈んだ。

「はぁ……はぁ、はぁ……はぁ」

君鳥ちゃんは結跏趺坐を崩し、力なく項垂《うなだ》れた。裏表反対のTシャツにびっしょりと汗が滲《にじ》み、乱れた呼吸に合わせてゆさゆさと胸が揺れている。

そんな君鳥ちゃんの姿を目の当《ま》たりにして、オレは吐き気を催す罪悪感に苛《さいな》まれた。

★　★　★

君鳥ちゃんのおちょくりにかき乱されながらもナイトルーティーンを毎日続けていき、あっという間に八月三十一日を迎えた。

夏の終わりというにはまだまだ残暑が厳しい八月三十一日。夏休み最終日と考えると酷く物悲しいけれど、君鳥ちゃんの誕生日であることを考えれば実にめでたい一日だ。と、オレはいつもの君鳥ちゃんの部屋で高らかに祝いの言葉を口にした。

「誕生日おめでとう、君鳥ちゃん！」

続け様に、ぱぱんっ！　と、百均で買ってきたクラッカーを鳴らした。

「えへへ。ありがとうございます、せんぱい！」

『本日の主役』と書かれたチープな襷《たすき》をかけた君鳥ちゃんは照れ臭そうに、にへにへと微《ほほ》笑《え》んだ。

それにしても、誕生日パーティーに参加するなんて小学生の時にクラスの人気者に数合わせでお呼ばれした時以来だ。あの時は初めての誕生日パーティーにテンションが上がりまくって、大して仲良くもない人気者にダル絡《がら》みをしてしまった記憶がある。あと、粘土で作ったヘタクソなドラゴンをプレゼントしてめちゃくちゃ気まずい空気になった記憶ががががががががッ――。

うぐぐ、忘れていた黒歴史が掘り起こされて危うく自我が崩壊するところだった。

って、今はそんなことはどうでもいいのだ。

君鳥ちゃんの誕生日を全力でお祝いせねば！

「ふふっ。先輩と一緒に誕生日を過ごせて嬉《うれ》しいです」

満面の笑みで言ったあと、君鳥ちゃんはわざとらしく「か、勘違いしないでくださいねっ」と古《いにしえ》のツンデレキャラのような言葉を追加した。

「誕生日といえば、やっぱりこれですよね！」

そう言って君鳥ちゃんは「ドンドコドーン！」と妙ちくりんな効果音を口にしてガラステーブルの上に巨大な容器を置いた。

「こ、これは……！」

嗅ぎ慣れた香ばしいソースの匂い……そう、いつものカップ焼きそばだ。だが、しかし、目の前にあるそれは大盛りという言葉では言い表せない圧倒的なサイズ感を誇っていた。超、超、超……超がいくつ付いているのか数えるのが面倒くさくなるほどの超絶大盛りなのだ！

その一杯で成人男性の一日の摂取カロリーの三倍に匹敵するカロリーの化け物だ。醸《かも》し出すラスボスの如《ごと》き覇気に思わず膝をついてしまいそうになった。

「ふひひっ」

そんなラスボスカップ焼きそばを眺めて君鳥ちゃんは無邪気に笑った。この化け物を前にしてヘラヘラと笑う君鳥ちゃんの底知れない食欲に改めて驚愕《きょうがく》する。

「先輩も一緒に食べましょう」

「あ、ああ」

「何なら一人一個でも良《い》いんですけどね」

「気は確かか……」

気圧《けお》されているオレとは対照的に君鳥ちゃんは見るからにワクワクしていた。まるで、強敵との戦いを前にしたバトルジャンキーのように。

「それでは、いただきますっ」

君鳥ちゃんが両手を合わせると共に戦いのゴングが打ち鳴らされた。


――ずるるるるるるるるるっずるるるるるるるるっずるるるるるるるるるっ！


十分後、君鳥ちゃんは少し寂しげな眼差《まなざ》しで空っぽになった容器を見つめていた。

「ご馳走様《ちそうさま》です……」

あの超絶大盛りカップ焼きそばをほとんど一人で、ものの十分で平らげるなんて……。

化け物を食《く》らう更なる化け物、という理外の食物連鎖を目の当たりにした気がする。

「……案外、少なかったですね」

衝撃の一言にオレはリアクションすることもままならず、言葉にならない声を上げて戦慄することしかできなかった。

「お、お疲れ様です……」

何とか絞り出した言葉は畏敬の念によって敬語になってしまっていた。

「ふふっ。くるしゅうないです」

オレから受け取ったミネラルウォーターをごきゅごきゅと飲み、君鳥ちゃんは和やかに微笑んだ。

「ふぅ」

軽く息を吐き出して君鳥ちゃんは自らのおなかを優しく撫で回した。

「ケーキ食べましょっか」

「は?」

「ケーキですよ、ケーキ。誕生日ケーキ」

「い、いや、待て待て待て! ……冗談だよな? あのカップ焼きそばを食べたすぐ後にケーキを食べるなんて――」

「甘い物は別腹です」

あっけらかんと言い切って君鳥ちゃんはホールケーキを取り出した。比辻野《ひつじの》商店街の誕生日ケーキ専門店で購入したメロンケーキだ。生クリームたっぷりのケーキの上に瑞々《みずみず》しいメロンが宝石のように煌《きら》めいている。

「わ〜、めちゃくちゃ美味《おい》しそうですっ」

さっきまでの大食いが嘘《うそ》のように君鳥ちゃんは目をキラキラ輝かせてケーキを見つめた。

「うっ……」

対するオレは君鳥ちゃんが超絶大盛りカップ焼きそばを食べるのを見ていただけで胸焼けを起こし、今はケーキを見るだけでも辛《つら》い状態に陥っていた。めちゃくちゃ美味しそうなのだが、残念ながらオレには胃袋が一つしかないのだ。

「先輩、いらないんですか？」

「ああ、ちょっとな……」

「え、え、え！　じゃあ、このまま切らずに食べちゃってもいいですか？」

オレが頷《うなず》いて肯定すると、君鳥ちゃんは「ホールケーキを丸ごと食べるのちっちゃい頃からの夢だったんですっ」と無邪気にはしゃいでフォークを握りしめた。

「はっぴーばーすでー、とぅーみー！　いただきますっ！」

メロン諸共にケーキを勢いよく貪り尽くす君鳥ちゃんを呆然《ぼうぜん》と眺めながら、そろそろ頃合いか、とタイミングを見計らってオレは用意していたプレゼントを取り出した。

「君鳥ちゃん、これ……オレからの誕生日プレゼントだ」

「ほえ？」

ほっぺたに生クリームを付けたまま君鳥ちゃんは面食らった表情で固まった。

「開けてみてくれ」

オレから受け取ったプレゼントのラッピングを辿々《たどたど》しい手つきで開けていき、君鳥ちゃんはパァーッと真夏の太陽も真っ青になるほどの燦々《さんさん》とした笑顔を輝かせた。

「こ、これは！」

君鳥ちゃんは胸元にｅＭｏｏｎ《イムーン》のロゴがデカデカと描かれたオリーブ色のパーカーを掲げて、オレの顔をマジマジと見つめた。タレ目をパチクリさせ、口を緩々《ゆるゆる》に開けっぴろげ、見るからに歓喜の表情を浮かべている。

それを見てオレはホッと安堵《あんど》の息を漏らした。

「ｅＭｏｏｎ《イムーン》の新作パーカーじゃないですかっ！」

そう、オレがプレゼントしたモノは夏祭りの日に君鳥ちゃんが欲しがっていたパーカーだ。

「い、いいんですか？　これ、結構お高いですけど……」

「ああ、大丈夫だ」

と、オレは親指を立ててサムズアップをした。事実、中々の値段だったが、君鳥ちゃんの誕生日に間に合わせるため、母親に頼み込んでお年玉貯金を崩して何とか購入したのだ。

「ありがとうございます！　早速、着てみますねっ」

満面の笑みで感謝の言葉を口にし、君鳥ちゃんはパーカーに袖を通した。

「どうですか、せんぱい！　ねぇ、せんぱい！」

パーカーを着た君鳥ちゃんを見て、オレは「おおぉ」と感嘆の声を上げた。

落ち着いたオリーブ色は君鳥ちゃんの柔らかな雰囲気と非常にマッチしていて、オーバーサイズ気味なことも含めて大変可愛《かわい》らしい。胸元のロゴがパッツパッツになっているのが迫力抜群で目のやり場に困ってしまうほどだ。

何より、パーカーが似合っているかどうかソワソワしている君鳥ちゃんが子犬みたいで愛おし過ぎる……。

「めちゃくちゃ似合っているよ、君鳥ちゃん」

「うひひひっ」

オレの言葉に対し、君鳥ちゃんは目を細めて無邪気に笑った。

「君鳥ちゃんが受け取ってくれて良かった。異性から服をプレゼントされるなんて気持ち悪くないかな、ってずっと悩んでいたからさ」

「あ〜、成程。確かに、男性から服をもらったら身構えてしまうかも、です。……そんな経験これまでないですけど。でも、先輩からのプレゼントなら別です」

「え？」

「先輩は特別ですから」

和やかな笑顔でそう言って、君鳥ちゃんは頬を赤く染めて言葉を続けた。

「だって、先輩はムッツリスケベの童貞クソ野郎だけど、いざとなると腰が引けて何もできない臆病チキンの仮性包茎マゾヒストですから」

定番の罵詈雑言《ばりぞうごん》を聴いてオレは頬を緩めた。

「なーんて！　ちょっぴり照れ隠しをしちゃいました」

パーカーの袖をもじもじと触りながら君鳥ちゃんははにかんだ。

「……改めて、ありがとうございます。私がいないところで、先輩が私のことを考えてプレゼントを選んでくれたのめちゃくちゃ嬉しいです。パーカー、大切に着ますね」

おちょくりなしで真っ直《ま》ぐ《す》感謝を伝えたことが恥ずかしくなったのか、君鳥ちゃんは顔を真っ赤にしてケーキをモリモリと食べ進めた。が、急いで食べ過ぎたせいか、喉を詰まらせて「げほっ、げほっ」とむせ込んだ。

「だ、大丈夫か？」

オレが手渡した烏龍茶《ウーロンちゃ》を一気に飲み干し、君鳥ちゃんは涙目になりながら「らいじょうぶですっ」とピースした。

「ねぇ、せんぱい」

「ん？」

ほっぺたにメロンのクリームを付けたまま、君鳥ちゃんはオレの目を見据えて開口する。

「先輩にとっても、私は……特別ですか？」

特別に決まっている。

不眠症に苦しんでいたオレに寄り添ってくれて、受け入れてくれたあの夜から、ずっと。

そして、心に秘めていたトラウマと、眠らない真実と、オレを道連れにしようとしていた魂胆を知ったあの夜から、更に深く。

君鳥ちゃんは、オレにとって特別な存在だ。

けれど、それを言葉にすることはオレにはできなかった。

「……」

返事をせずに黙り込むオレの顔から目を離し、君鳥ちゃんは寂しそうな表情を微《かす》かに浮かべて微笑《ほほえ》んだ。

「はー、まったく。先輩はムッツリですねぇ」

「す、すまん」

君鳥ちゃんの軽い雰囲気に合わせて平謝りした瞬間、心の奥深くでジクジクと何か黒い感情が疼《うず》くのを感じた。

……………その感情の正体を、オレはもう知っている。

★　★　★

君鳥ちゃんの安らかな寝顔を見下ろし、オレはゆっくりとベッドから抜け出した。

真っ暗闇の部屋で一人、オレはぽつねんと佇《たたず》む。

「……」

夏休みを根こそぎ使ってナイトルーティーンに取り組んだおかげで君鳥ちゃんは無事に一人で眠ることができた。おちょくりやら、煩悩《ぼんのう》の暴走やら、色々と大変だったけれど……ついに、オレは宿願を達成したのだ。

ふにゃふにゃと寝言を漏らす君鳥ちゃんを見つめてオレは頬を綻ばせた。

今年の夏は、最高だった。

懐《なつ》かしのボードゲームを遊んだこと。瞑想《めいそう》という名の目隠しプレイでおちょくられたこと。夏祭りに行ったこと。ミカちゃんと仲直りする尊い君鳥ちゃんを拝めたこと。廃墟《はいきょ》でドギマギしたこと。早朝から遠出して海に行ったこと。海の家で焼きそばを食べられなかったこと。オレ一人では入れないオシャレな喫茶店でパンケーキを食べたこと。潰れたおもちゃ屋で瑞城《みずしろ》さんと会ったこと。ゲームセンターでカッコいいところを見せられたこと。真夜中の海でカップ焼きそばを食べたこと。ナイトルーティーンを押し進めたこと。そして、誕生日を祝えたこと。

今まで生きてきた中で間違いなく、一番楽しい夏だった。

いや、もっといえば君鳥ちゃんと出会ってからのこの四ヶ月はオレの人生で一番輝いている毎日だった。楽しくて、満たされて、定期的にセンシティブで、時々ドラマチックで、極稀《まれ》にエモーショナルで、めちゃくちゃに幸せな日々だった。

これからの長い人生においても、この四ヶ月以上の幸せはないだろう、と断言できるほどに。二人だけの甘い夜ふかしの日々はオレにとってかけがえのない宝物だ。

そう、オレにとって君鳥ちゃんは特別な存在だから。

でも、君鳥ちゃんにとってオレは特別な存在である必要は……もう、ない。

「…………」

人差し指に残っている罪悪感をギュッと握りしめ、オレは忌々《いまいま》しい感情と向き合った。

煩悩。

もっと生々しく言うなら、性欲だ。

君鳥ちゃんと出会った日から、おっぱいをガン見したり、耳元で囁《ささや》かれてビクビクしたり、とオレの性欲は常に丸出しだった。それでも……いや、これでもオレなりに性欲を抑えてきたのだが、ここ最近はそれすらもできなくなっていた。日に日に、般若心経《はんにゃしんぎょう》の効果も薄れていくのを実感していた。

君鳥ちゃんがよく言うように、オレはいざとなると腰が引けて何もできない臆病者だ。しかし、だから大丈夫……なんて思えるほどオレはオレのことを信頼できなくなっていた。

耳かきで君鳥ちゃんをいじめ抜いた夜のこと。

蚊に刺された君鳥ちゃんを焦《じ》らし尽くした夜のこと。

思い返せば思い返すほど、あの夜のオレは煩悩に取り憑《つ》かれた化け物だった。だからこそ、オレはいざとなると腰が引けて何もできない臆病者、と言い切って安心することなど不可能だった。

このままいけば、いつの日か煩悩を抑えきれなくなって君鳥ちゃんに襲いかかってしまうだろう。オレのことを信頼してくれている君鳥ちゃんを裏切って、心身共に傷つけてしまう、その未来は確実に近づいている……と考えたオレは一つの計画を実行する覚悟を決めた。

それこそが、ナイトルーティーンだ。

君鳥ちゃんが一人で眠れるようになれば、オレが一緒にいなくてよくなるから。

煩悩の暴走を抜きにしても、君鳥ちゃんの人生にオレは必要ない。

君鳥ちゃんは小学生の頃は明るくてクラスの人気者だった。陰キャになったのは眠れなくてイライラするようになってしまったからだ。現に、少しずつ眠れるようになってきた最近は牛場さんやミカちゃん、更には瑞城さんとも仲良くなっている。ナチュラルボーンダメ人間のオレとはまるで違うのだ。

君鳥ちゃんは元来、陽の側の人間で、ただ陰に堕《お》ちただけ。でも、オレは最初からずっと陰の人間だ。どうあがいても、どう頑張っても、オレが海の家で焼きそばを買える日は来ない。

君鳥ちゃんとオレは違う。本来は交わることのない二人だった。ただ、不眠症という関係性が二人を繋《つな》ぎ止《と》めていただけ。

恋人でもない。

友達でもない。

普通の先輩後輩でもない。

だから、離ればなれになっても元に戻るだけ。

むしろ、これが最善。

正直、離れたくない気持ちはある。オレにとって君鳥ちゃんは何者にも代えられない特別な存在なのだから。でも、それはエゴだ。オレが君鳥ちゃんと一緒にいたいと思うのは後ろめたい自分勝手なエゴに過ぎない。

滅私。

クソみたいなエゴはかなぐり捨てて、君鳥ちゃんのためにオレは覚悟を決めたのだ。

「……」

君鳥ちゃんの寝顔を最後に一瞥《いちべつ》し、オレは大盛りカップ焼きそば半年分のお金が入った封筒をガラステーブルの上に置いた。

トラウマによる不眠症を乗り越えたオレは、一人で眠れる。

ナイトルーティーンによって君鳥ちゃんも、一人で眠れるようになった。

つまり、ハッピーエンドだ。

「さようなら、君鳥ちゃん」

最終話　「一緒に寝たいんですよね、せんぱい？」

ボーカロイドが歌い上げる般若心経をイヤホンで聴きながらオレは目を開いた。

エレクトリックで、ポップで、どこかサイケデリックなメロディに乗せて、透明感たっぷりな電子音声が般若心経を延々と奏《かな》で続ける。電子の歌姫と由緒《ゆいしょ》正しき宗教の融合。これが現代の涅槃《ニルヴァーナ》である……！

エゴを捨て去った今のオレには丁度良《い》い塩梅《あんばい》だ。このまま一人称も『拙僧』にしてしまおうかとすら思えてくる。

学校の屋上から九月の青空を見上げ、イヤホンを外してオレはニヒルに微笑んだ。

「新学期早々悪いな、こんなところに呼び出して」

屋上にやってきたピンク髪の親友――外村の姿を一瞥し、再び空を見上げた。残暑厳しい秋の空は今のオレの心境のように酷《ひど》く澄み渡っている。

「教室じゃなくて、わざわざ屋上で話すってことはよっぽどのことなんだろ？」

「……まぁな」

頷《うなず》くオレを見つめて外村はスマホを掲げた。

「親友の頼みとあれば何だって協力してやるぜ。けど、今ちょっと大事な使命を実行中だから、スマホをいじりながら話させてくれ」

「ああ、別に構わないが……大事な使命って？」

「フフフ、推しの生配信にスパチャを送る使命さ」

そう言って外村はスマホを構えてドヤ顔をした。

「で、お前のよっぽどの頼みってのは何なんだ？」

「オレの悪評を広めてほしいんだ」

嘘《うそ》でも冗談でも何でもなく、オレは真《ま》っ直《す》ぐな意志を込めて頼み込んだ。

「はぁ？」

理解不能、という表情で外村は肩をすくめた。

「お前の悪評なんざ、とっくに広まってるだろ。校長に辻《つじ》斬りの如《ごと》くラリアットしたクレイジーな男としてな。なぁ、知ってるか。一年生の間でお前はラリアット先輩って呼ばれているんだぜ」

「……ああ、知ってるよ。だからこそ、そのラリアット先輩という異名を利用して更に悪名を轟《とどろ》かせてほしいんだ」

「なんだよ、それ。そんなことしたらお前のイメージが今以上に酷いことになって嫌われるだけだろ」

「嫌われたいんだよ」

微塵《みじん》の揺らぎもなく真面目なトーンで言ったオレの顔をジッと見据え、外村はピンク髪をわしゃわしゃと掻《か》き毟《むし》った。そして、眉をひそめた表情で小さく頷いた。どうやらオレが本気で言っていることを察してくれたようだ。

「どうせ、後輩ちゃん絡《がら》みだろ？」

そこまで察するとは流石《さすが》は外村だ。

「……ああ」

外村に隠し事をしても意味はないと観念し、オレは正直に話すことにした。

「君鳥ちゃんと決別するにはこれが一番なんだ。オレが嫌われ者になればなるほど、君鳥ちゃんが近寄り辛《づら》くなるからな。忌々しいラリアット先輩と仲良くしない方がいいよ、と周りからも抑制されるだろうし」

スマホを構えたまま、外村は珍しく真面目な目つきでオレを見据えた。

「それは後輩ちゃんの望みなのか？」

「……」

外村の質問にオレはハッキリと答えることなく、「君鳥ちゃんのためだ」と自らの意志を表明した。

「……成程な」

「こんなこと頼めるのはお前だけなんだ。やってくれるか？」

「確かに、俺の手にかかればお前の悪名を学校中に轟かせることなんてお茶の子さいさいだ」

オレの心の中を見透かすような鋭い眼差《まなざ》しで外村は言葉を繋げた。

「ラリアット先輩っていう馬鹿げた異名が浸透しているのも好都合だ。都市伝説みたいにイメージが固定化されていると噂《うわさ》が伝搬されやすいからな。あっという間に尾ひれが付いてとんでもない化け物に成長するだろうさ」

「そいつは願ったり叶《かな》ったりだ」

「……。けどな、一度広まった噂は簡単には覆《くつがえ》せない。特にマイナスのイメージを引っくり返すのは余計に難しい。ゆで卵を生卵に戻せないように、不可逆だ。この俺の情報網を以《もっ》てしてもな。…………それでも、良いのか？」

覚悟を試すような外村の重い言葉に対し、オレは怯《ひる》むことなく悠然と頷いた。

「嫌われるってことは、相当なことなんだぞ？　二度と、平穏な高校生活を送れなくなっても――」

「構わない」

外村の言葉を遮ってオレは一点の曇りもない覚悟を口にした。

「はぁ～……一度決めたら頑固なんだよなぁ、お前」

口調は軽々しいものだったが、外村の表情は少し寂しそうだった。

「なぁ、半崎。中学生の時、いじめられていた俺を助けてくれたお前は間違いなくヒーローだったんだぜ」

「……いきなりなんだよ」

黒歴史ランキング上位の嫌な記憶がフラッシュバックし、オレは顔をしかめた。

「無様にボコボコにされたお前は泣き喚《わめ》き、最終的にいじめっ子からも、いじめられていた俺からも気を遣われていた。つまり、あの場の中心にいたんだ。いわゆるスター性ってヤツだな」

「嫌味かよ」

「事実だよ」

真剣な表情で即答した親友の顔を見据え、オレはもどかしい思いでため息を吐き出した。

こんなオレを恩人だと言ってくれて、親友でいてくれることは正直めちゃくちゃ嬉《うれ》しい。

外村は性格が悪いことを除けば良いヤツだし。

……でも、オレはヒーローなんかじゃない。

「今だから言うけどさ、外村。あの時、オレがお前を助けたのはお前のためじゃないんだ。あくまで、自分自身のためだ。いじめを解決したら、こんなオレでも友達ができるかもしれない……そんな浅はかな理由でいじめっ子に突撃したんだ」

外村のためではなく、オレのため。そんな醜いエゴを吐き出したオレに爽やかな眼差しを向けて外村はあっけらかんと笑った。

「そんなことは元々わかってるよ。お前、わかりやすいからな。それに、理由はどうであれ俺が救われたのは事実だし、結果的にお前も友達ができたじゃねぇか。つまり、万々歳だ」

「……良いように解釈するな」

「まぁ、そんなつれないこと言うなって」

ヘラヘラとした態度でオレの肩を抱いて外村は言葉を続けた。

「俺が何を言いたいかっていうと、昔から変わらずお前は清濁併せ呑《の》む欲望まみれのヒーローだってことだ」

「そんな大したものじゃない。……オレはただの自分勝手なクソ野郎だ」

「ああ、それで良い」

深く頷いたあと、「それが良い」と外村は付け足した。

「いいぜ、半崎。お前の望み通り、ラリアット先輩の悪評を広めてやる。この俺の能力をあますことなく使って、学校中に悪名を轟かせてやるよ。その先にお前の破滅が待っていようとも……それがお前の望みであるなら、俺は構わない」

オレの顔をひたすら真っ直ぐに見据えて、外村は拳を突き出した。

「流石はオレの親友だ。愛してるぜ、外村」

外村の突き出した拳に、こつん、とオレは拳をぶつけ合わせた。

「やめろよ、気色悪い。俺には心に決めた推しがいるんだよ」

そう言って外村はスマホを掲げて、シニカルな笑みを浮かべた。

「…………外村」

どこまでも広がる真っ青な秋空を見上げてオレは静かに、それでいて、ハッキリとした声色で親友の名前を呼んだ。そして、覚悟と決別の思いを胸に抱き、力強く親指を突き上げてサムズアップをした。

「ありがとう」

★　★　★

学校の廊下を一人歩いていると、どこからともなくヒソヒソと話し声が聞こえてきた。

「ねぇ、あれ……ラリアット先輩じゃない？」

「うっわー、本当にこの学校にいるんだ」

口元を手で押さえてオレをジッと見つめる女子達。

「お！　さっきの動画のヤツじゃね？　見ろよ、あれ！」

「ぶふっ！　ヤバい、顔見るだけで笑えるんだけどっ」

大声で笑ってオレを指差す男子達。

「あんな動画拡散されてさ、恥ずかしくないんかなー」

「私なら学校来れないわ。うへ、鳥肌たってきた……」

カシャッと、鳴り響くシャッター音。

……外村と別れてから十分も経《た》っていないというのに、すでにラリアット先輩の悪名は校内に轟き渡っているようだった。流石は外村、仕事が早い。拡散されている動画がどんなものなのかは気になるところだが……。

まぁ、何でもいい。

ここまできたら、もう取り返しはつかない。行くところまで行ってしまったわけだ。この先オレの青春は真っ暗闇だが、そもそも君鳥ちゃんと出会わなければ最初から青春なんて存在しなかったのだから関係ない。むしろ、瑞城《みずしろ》さんのトラウマを引きずったまま不眠症で身を滅ぼすことに比べたら遥《はる》かに健康的だ。

ラリアット先輩の悪名なんて、これまでの積み重ねてきた無数の黒歴史の一つに過ぎない。いつものことだ。

「あっ、ラリアット先輩じゃないッスか！」

いきなり名前を呼ばれてオレは思わず振り返った。

そこに立っていたのは君鳥ちゃんの友達の小動物ギャル・牛場さんだった。こんがりと日焼けした小麦色の肌から察するに、夏休みを満喫したことが窺《うかが》える。

「う、牛場さん……」

「おー！　こんな有名人に名前を覚えてもらっているなんて光栄ッスねぇ」

牛場さんの言葉は皮肉なのか本心なのかわかりづらい明るい声色だった。

「いやぁ～、それにしてもラリアット先輩の最新の情報ヤバいッスね！　動画見た瞬間、流石のウチも震え上がりましたもん」

「……そうか」

八重歯が見えるくらいの大口を開けて牛場さんはケラケラと笑った。

「牛場さん、悪いことは言わないからオレとは関わらない方がいい。一緒に会話しているところを誰かに見られたらキミまでいわれのない噂を流されてしまうぞ」

「ふーん。ラリアット先輩のくせにウチのことを心配してくれるんスか？」

オレの顔を覗《のぞ》き込んで牛場さんはニマァ～と唇を歪《ゆが》めた。

「あ～！　もしかして、ウチのことを攻略対象だと思い込んで好感度上げにきてるんスか？」

「な、何を言って――」

否定しようとするオレの言葉を遮り、牛場さんは珍しく目を吊り上げてシリアスな口調で言葉を放った。

「ラリアット先輩のことは嫌いじゃないッスけど、ウチには心に決めた二次元の推しがいるんス。つーわけで、残念ながらラリアット先輩は眼中にないッス。ちなみに同担拒否のバチボコのガチ恋勢なんで、そこんとこよろしくッス」

「……そ、そうか」

何と返して良いものかわからず、とりあえずオレは言葉を流しておくことにした。

「つーか、ラリアット先輩。身から出た錆《さび》とはいえ、あんな動画が出回っちゃって大変ッスねぇ」

「ああ、それでもいいんだ」

「なーにカッコつけてるんスか。相変わらず臭いッスねぇ」

「ぐぬ……く、臭くてもいいんだっ！」

憤《いきどお》るオレの脇腹を肘で小突いて牛場さんはニヤニヤと微笑《ほほえ》んだ。

「まぁ～、ウチは逆に好きッスけどね。あの動画めちゃめちゃ笑わせてもらいましたんで」

「……変わり者だな」

「ラリアット先輩にだけは言われたくないッスけど」

よほど嫌だったのか、牛場さんは酷《ひど》く冷めた声色で吐き捨てた。さっきまでの明るさからの高低差がエグい沈痛な面持ちを目の当《まあ》たりにして、ギャルの感情表現の豊かさを思い知る。

「オレが言えた義理ではないが…………君鳥ちゃんのことを宜《よろ》しく頼む」

勝手な頼みだということは重々承知でオレは頭を深く下げた。

「え？　小比類巻さんのことッスか？　いきなり何を言ってるんス……？」

牛場さんは虚を衝《つ》かれたのか目をパチパチして動揺していたが、野次馬が周りに集まってきたのを感じてオレはその場を立ち去ることにした。オレが頼み込まなくても君鳥ちゃんなら牛場さんと仲良くやっていけるとわかりきっているのに大きなお世話だったな、と反省しながら……。

「ちょ、ちょっと！　ラリアット先輩！　って、あ～……行っちゃったッス」

★　★　★

午前中の授業をほとんど居眠りして過ごしてやっと訪れた昼休み。どこにいてもヒソヒソ話と笑い声が絶えないので——自分のせいだけど——落ち着ける場所で昼食を食べるため、校舎裏の倉庫前にやってきた。

ここなら、校内でも辺鄙《へんぴ》なところだから誰もこないし、ベンチがあるからのんびり食事ができるというわけだ。

古ぼけたベンチに腰を下ろし、購買で買ってきたちくわパンにかぶりついた。

「ん。うまい」

適当に買ったパンだったので大した期待もしていなかったが、想像以上の美味さに思わず声を上げてしまった。ちくわ自体が食べ応えがあるし、しかも中にはたっぷりチーズが詰まっていてパンとの相性も抜群だ。

ちくわ。

君鳥ちゃんがオレの股間をちくわに喩《たと》えていたことを唐突に思い出してしまい、乾いた笑い声を零《こぼ》した。こんなことで感傷に浸るなんて未練たらたらだな、と自嘲する。

もそもそとちくわパンを食べ終えたあと、オレはイヤホンを装着した。こういう時は般《はん》若心経《にゃしんぎょう》を聴いて心を落ち着けよう、とスマホを取り出した瞬間……ロック画面に君鳥ちゃんからのＬＩＮＥ通知が何通も届いていることが目に入ってしまった。

通知をオフにするのを忘れていたことを後悔し、胸の奥からザワザワと罪悪感が滲《にじ》んで息苦しくなった。

「……ふー、はー、ふーっ、はーっ」

それでも、これは君鳥ちゃんのためだから、と必死に自分に言い聞かせながら深呼吸を繰り返して罪悪感を押し潰した。そして、改めて般若心経を聴くためにスマホを操作した。

しかし、イヤホンから聴こえてきたのは般若心経ではなかった。どうやらリピート機能が外れてシャッフル機能をオンにしてしまったらしい。

イヤホンから優しいピアノの旋律——バッハのメヌエットが流れている最中、一人の女子生徒がオレの前に近寄ってきていることに気がついた。

「瑞城さん……？」

特徴的なツリ目を更に吊り上げさせて瑞城さんはオレの顔を睨《にら》みつけた。

「何してんの」

瑞城さんは眉間に皺《しわ》を寄せて不機嫌極まりない表情でオレの隣のベンチに座った。

「ここ、私の癒やしのスポットなのに最悪なんだけど」

「す、すまん……」

「ふん」

平謝りするオレをギロッと一瞥《いちべつ》し、瑞城さんは鼻を鳴らした。このまま長居すると更なる逆鱗《げきりん》に触れてしまうかもしれない、とオレはビクビクしながらベンチから立ち上がった。

と、その時、瑞城さんが持参した紙袋から取り出したパンから香る良い匂《い》いが鼻孔をくすぐり、オレは思わず足を止めて立ちすくんでしまった。

瑞城さんが食べ始めたパンは購買で大人気の焼きそばパンだった。

香ばしいソースの匂いがオレの脳みそをジクジクと刺激する。

「……何？」

瑞城さんは焼きそばパンをあっという間に食べ終え、オレの顔を凍《い》てつく眼差《まなざ》しで見つめた。

「え、いや、その……」

「あたしが食べているところ凝視してたけど、何なの。……もしかして、またエロい目で見てるわけ？　気色わるっ」

「ご、誤解だ！」

ドン引きの表情の瑞城さんに弁明しながらも、オレは胸の内が熱くなっていることに気がついた。それは決して瑞城さんの罵倒に対するマゾヒスティックな興奮ではなく、このやりとりに対するノスタルジックな感慨だった。

あの夜の記憶がジワジワと蘇《よみがえ》ってくる……。

そんなオレのことなど眼中にないようで瑞城さんはゴミを紙袋にまとめて立ち上がった。

その刹那。

凄《すさ》まじい突風が吹《ふ》き荒《すさ》んだ。

「……ッ！」

巻き上がる砂塵《さじん》に目を奪われながらも、オレは目を閉じることはおろか、瞬《まばた》きをすることさえできなくなった。

目の前で、手を伸ばせば簡単に届いてしまうほどの眼前で、瑞城さんのスカートが大きく捲《まく》れ上がったのだ。白く清らかな太ももが付け根まで露《あら》わとなり、そして、お尻に軽く食い込んだ無防備なパンツまでもが完全に白日の下に晒《さら》されてしまっていたのだから

……！

パンツ。

「…………っ」

オレは瑞城さんのパンツを見つめたまま、愕然《がくぜん》と放心状態に陥った。

「み、見た？」

両手でスカートを押さえ込み瑞城さんは殺意の籠もった視線でオレを貫いた。

「……」

だが、オレは何も答えることはできなかった。

網膜に焼き付いた瑞城さんのパンツが脳髄を甘く蝕《むしば》んでいく……。

そのパンツの色は奇《く》しくも、黄緑色だった。

「ぐぅッ」

下唇を噛《か》み締《し》めてオレは苦痛に耐えるように嗚咽《おえつ》を漏らした。

押し殺していたはずの煩悩《ぼんのう》がムクムクと肥大化し、オレの心の中で酷く暴れ狂った。

しかし、その煩悩はあろうことか、性欲によるものではなかった。あの瑞城さんのパン

ツをまじまじと見ることができたというのに。本来ならパンツに対する興奮で溢《あふ》れ返るはずなのに。いつものオレならパンツの色合いや形状や素材について悶々《もんもん》と語り尽くすはずなのに……！

だのに！

オレの頭の中は黄緑色から連想してしまった君鳥ちゃんのことでいっぱいだった。

脳内、黄緑一色。

焼きそばパン、食事中のやりとり、そして黄緑色のパンツ。

君鳥ちゃんのために覚悟を決めて、ナイトルーティーンを遂行して、さようならを告げて、ラリアット先輩の悪名を轟《とどろ》かせたはずなのに、結局オレは無意識的に君鳥ちゃんの面影を探してしまっている。

君鳥ちゃんのため、と言っておきながら自分の覚悟の甘さに嫌気が差した。

「……すまない、瑞城《みずしろ》さん」

感情がグチャグチャになっているせいで思考がまとまらないが、とりあえず瑞城さんにパンツを見てしまったことを謝罪しようとオレは開口した。

「偶然とはいえ、パンツを見てしま――」

「パンツがなんですか？」

瑞城さんのクールな声色とは異なる透明感のある穏やかな声で質問され、オレはハッと顔を上げた。

腕を組んで仁王立ちし、怒りと困惑がない交ぜになった複雑な表情の女の子の姿を見て、オレは全身に鳥肌が立つのを感じ取った。

じんわりと汗が滲んでしっとりしているセミロングの髪の毛。グツグツと煮《に》え滾《たぎ》る怒りを訴える不機嫌なタレ目。オレの顔を睨みつける眼差しは今にも泣き出しそうなほど潤んでいて、罪悪感で直視することができないほどイノセントに煌《きら》めいていた。

衣替え前の夏服のシャツがはち切れんばかりに膨らんだ巨乳と、プリーツスカートから伸びる健康的な太ももが今のオレには毒でしかない。真っ昼間の校舎裏に降り立った月の女神かと見紛《みまが》うほどに。

そう。

オレの目の前に立っているのは、君鳥ちゃんだった。

「ど、どうして君鳥ちゃんが……」

辺りを見回してみても、瑞城さんの姿はどこにも見当たらない。おそらく、オレが黄緑色のパンツに悶々としている間にそそくさと立ち去ったのだろう。

「ねぇ、先輩」

ジリジリと歩み寄りながら、君鳥ちゃんは表情をぐにゃりと歪《ゆが》めた。

「言いたいことが沢山、それはもう、たっくさんあるので覚悟してくださいね」

憤怒《ふんぬ》の笑顔、とでも形容するしかない未曾有の表情で君鳥ちゃんは言葉を吐き出した。

「……き、君鳥ちゃん」

君鳥ちゃんの言葉に返事することなく、自分の思いを伝えることなく、オレは無様にも慌てて逃げ出した。

★　★　★

君鳥ちゃんとの思いがけないエンカウントにオレは脱兎《だっと》の如《ごと》く逃げ出した……が、日頃の運動不足が祟《たた》って、すぐに限界がきて情けなくへたり込んでしまった。

「ぜぇ、はぁ……ぜぇ、ふぁ……ッ」

無様極まりないオレの首根っこをやんわりと引《ひ》っ摑《つか》み、君鳥ちゃんは頬を膨らませた。

「先輩、いい加減にしてくださいっ」

「す、すまん……」

君鳥ちゃんはタレ目を信じられないほど吊り上げてオレの首をぶんぶんと揺さぶった。

対するオレは逃げる意思がないことを必死に伝えて、何とか解放されて近くにあった桜の木に軽くもたれかかった。

ぜーはー、ぜーはー、と乱れた息を整えてオレは改めて君鳥ちゃんと向き合った。

「……謝っておいてなんだが、もうこれ以上オレに関わらない方がいい」

オレの言葉を聞いて君鳥ちゃんは腹立たしそうな表情でスマホを取り出し、勢いよくオレの目の前に突きつけた。

「変なこと言っていると、この写真をネットにバラまきますよっ」

君鳥ちゃんのスマホに写っていたのは、生まれたままの姿でいきり立つオレの写真だった。「コペルニクス的転回！」とハイテンションでドヤ顔をしているのが非常に小っ恥ずかしい。

こんな写真が君鳥ちゃんのスマホの中に保存されていることに今更ながらドギマギしてしまうが……だが、しかし、そんなことはもはやどうだっていいのだ。

「ああ、バラまいてくれ。それで君鳥ちゃんが正しい道に進めるのならオレは満足だ」

「なッ！　……うぅ、全裸写真をネットに晒されて満足するなんて流石《さすが》は先輩ですね」

嘆きながらも、すかさずおちょくってくるのが実に君鳥ちゃんらしい。

「今のオレと一緒にいると君鳥ちゃんまで軽蔑されてしまう。だから、もう――」

「確かに、全裸を晒されて満足する先輩と同類だと思われたら大変です」

「い、いや、そうじゃなくて……君鳥ちゃんだって知ってるだろ？　今、学校中を騒がしているラリアット先輩の噂《うわさ》のこと」

口をへの字に曲げて、君鳥ちゃんはジト目でオレの顔を睨みつけた。

「ええ、知ってますけど。だから何なんですか」

「何なんですか、って……あんな悪名が轟いているオレと一緒にいたら君鳥ちゃんまで嫌われ者になってしま――」

オレの言葉を最後まで聞くことなく、君鳥ちゃんは「はぁ？」とまったく理解不能といった調子で首を傾《かし》げた。

「悪名ってなんですか？」

「だ、だからラリアット先輩の……」

「悪名とか、嫌われ者とか、わけがわからないんですけど。先輩、何か勘違いしていませんか？」

おちょくりでも、ボケでも何でもなく、君鳥ちゃんは至極真っ当な表情で問いかけた。

「いやいや、勘違いなわけないだろ。現に、オレの動画は校内に拡散されているんだから……」

「動画って、これですよね？」

そう言って君鳥ちゃんはスマホを再び突き出し、動画を再生した。

「なッ……！」

動画に映っているのは、カメラに向かってシリアスな雰囲気で語るオレの姿だった。場所は学校の屋上、撮影している相手は外村、つまり……さっき、屋上で外村と会話していた時そのものであった……！

「な、なんだこれ……」

学校の屋上で青空をバックに親友と語り合うラリアット先輩。その口調はとても真面目で、事実オレは真剣だったのだが――こうして動画を通して見ると、自己犠牲のヒーローになることに酔《よ》い痴《し》れているナルシストにしか見えなくてめちゃくちゃ痛ましい。まるで、チープな青春映画のワンシーンのような気恥ずかしさだ。拳をぶつけ合わせる場面なんて直視できたもんじゃないぞ……。

「これが巷《ちまた》で話題沸騰のラリアット先輩の動画ですけど？」

「こ、これが……？」

「ラリアット先輩と情報通の陽キャの暑苦しくて青臭い関係性がエモい！　って、クラスの女子がキャーキャー騒いでましたよ」

想像を絶するヒソヒソ話の正体にオレは白目を剥《む》いて硬直した。

「まぁ……大半は、自分を青春映画の主人公だと勘違いしているラリアット先輩の痛々しさがツボになって笑われているだけですけど」

外村の野郎……なんでこんな動画を拡散したんだ？　ラリアット先輩の噂が広がって笑い物になっているとはいえ、これでは悪名が轟くことにはなっていない。むしろ、ラリアット先輩の意外な一面というポジティブキャンペーンになりそうだ。確かに、死ぬほど恥ずかしい動画ではあるけども……。

――まさか、オレが破滅するのを止めようとしたのか？

親友の優しいお節介に気づき、オレはガックリと項垂《うなだ》れた。

推しの配信にスパチャを送っていると言いながらスマホを構えていたのは、この動画を撮影するためだったのか……。

「ちなみに私のお気に入りシーンは、唐突に空を見上げてドヤ顔でサムズアップするところです。切なげに笑っている顔もポイント高いです。いやぁ、痛々し過ぎて鳥肌たっちゃいます」

二の腕をなでなでして君鳥ちゃんは顔を引きつらせた。

「こんな動画が流出したんですから、恥ずかしくて私から逃げ出したくなる気持ちはわかりますけど……」

「い、いや違うんだ。これは外村が勝手にやっただけで、本当はラリアット先輩の悪名を轟かせて君鳥ちゃんが近寄れなくして――」

「うっさいです！」

オレの鼻《はな》っ面《つら》を指先で突っつき、君鳥ちゃんはぷくーっと頬を膨らませた。

「そもそも、なんで私の前から姿を消したんですか？　誕生日の翌日、目が覚めたら先輩がいなくなっていて心配したんですよ。ＬＩＮＥの返事どころか、既読もつけないですし……嫌われてしまったのかと思いました」

「君鳥ちゃんのことを嫌いになんかなるわけないだろ！」

オレは強く言い返して、ゆっくりと立ち上がった。

「じゃあ、どうしてですか！」

「……君鳥ちゃんのためだ」

こんなこと本人に言うなんてカッコ悪すぎるな、と今更にもほどがあることを思いながら、オレは若干開き直り気味に言葉を紡《つむ》ぎ始めた。

「ナイトルーティーンを押し進めたのは、君鳥ちゃんが一人で眠れるようになればオレが一緒にいなくてよくなるからだ。君鳥ちゃんの人生にオレは必要ないからな」

「……早速ツッコミどころしかないんですが、一応最後まで聞いてあげます。続きをどうぞ」

ムッとした表情で君鳥ちゃんは頷《うなず》いた。

「君鳥ちゃんと添い寝する時、おちょくられる時、……一緒にいる時、オレは常に煩悩《ぼんのう》を抑え続けてきた。これでも、抑えてきたんだ。……けど、最近はどんどん煩悩が抑えきれなくなっていた。このままいけば、いつの日か君鳥ちゃんに襲いかかって、傷つけてしまうかもしれない……そんな過《あやま》ちを犯さないため、というのが一つ目の理由だ」

「成程、自己保身というわけですね。あ、ついツッコミを入れてしまいました」

君鳥ちゃんは口元に手を当てて、「続きをどうぞ」と促した。

「……もう一つの理由は、オレが一緒にいたら君鳥ちゃんが陽の世界に戻る邪魔をしてしまうからだ。折角、牛場さんやミカちゃん、瑞城《みずしろ》さんとも仲良くなったのにオレを優先していたら何もかもが台無しになってしまう。オレがいない方が順風満帆なんだ」

「卑屈なのか、アホなのか、判断に迷いますね」

しれっと言い捨てて君鳥ちゃんは腕を組んだ。

「言いたいことは以上ですか、先輩」

「え、あ……ああ」

「では、私のターンです」

ムスッとした表情で大きく息を吸い込み、力強く目を見開いて君鳥ちゃんは言葉を吐き出した。

「まず、ナイトルーティーンについてですが。……あんなことで私が眠れると思ったら大間違いです！」

オレの顔面を殴りつけんばかりに拳を突き出し、君鳥ちゃんは高らかに言い切った。

「いや、でも、誕生日の夜はちゃんと眠れていただろ……！」

「あれは先輩が近くにいてくれたから安心して眠れただけです。翌日以降は先輩がいなくなって、おかげ様でまったく眠ることはできませんでした。というか、ナイトルーティーンをするだけで眠れるようになるなら私は四年間も苦しんでいませんからっ！」

ごもっとも過ぎる意見をぶつけられ、オレは言葉を失った。

「ナイトルーティーンに付き合っていたのも、私のために先輩が一生懸命考えてくれたものを無下にしたくなかったからです」

「そうだったのか……」

ということは、一緒に過ごした海の環境音を流すことで一人で眠ることの怖さを紛らわす作戦は無意味だったということか。妙案だと思ったのだが……。まぁ、冷静に考えてみると、そんな音で眠れるのならネットに転がっている雑踏の環境音とかで良《い》いわけだし、最初から無意味だと気づくべきだったのかもしれない……。

独りよがりに暴走して、むしろ君鳥ちゃんに気を遣わせてナイトルーティーンに付き合わせてしまっていたとは……。

「二つ目！　煩悩が暴走して私を傷つけたくなかったから……というのは、まさに！　自己保身でしかないです。私のためだなんて笑わせないでください。結局は、私を傷つけてしまう自分が怖いだけじゃないですか」

返す言葉を探している間に君鳥ちゃんは更なる言葉を投げつけた。

「そして、三つ目！　私が陽キャに戻るためには先輩が邪魔だなんて、ちゃんちゃらおかしいです。……というか、前提から間違っています」

「ぜ、前提？」

「確かに、私は小学生の頃は陽キャと言われてもおかしくない生き物でした。ですが、今はまったく違うのです」

「でも、それは環境のせいだろ？　眠れるようになったから牛場さんとも友達になれたわけだし」

「私の陰キャっぷりを舐《な》めないでくださいッ！」

今までの怒りが前座だったと言わんばかりに君鳥ちゃんは大きな声で感情を爆発させた。

「少し眠れるようになって、日中もイライラしなくなったおかげで理々ちゃんと仲良くなれたのは、事実です。でも、残念ながら、長年の陰キャ生活で染《し》みついた性格は変わることはなかったのです」

「……というと？」

「理々ちゃんとの関係性はあくまで上辺だけで、未《いま》だに『小比類巻さん』とよそよそしく呼ばれてやんわりと気を遣われているだけなんです！」

今にも泣きそうなほどの勢いで君鳥ちゃんは人間関係の真実をぶちまけた。

「ついでに言うと、陰キャであることを自虐し過ぎてミカちゃんとは気まずい雰囲気になって疎遠になりました！　瑞城さんとはＬＩＮＥを交換しましたけど、会話の始め方がわからなくて一回もやりとりしていません！」

怒濤《どとう》の陰キャエピソードの連続にオレは胸が痛くなり、ぐうの音も出すことができなかった。『気を遣われているだけ』『自虐し過ぎて失敗する』『会話の始め方がわからない』というのはオレにも心当たりがあり過ぎて君鳥ちゃんの陰キャっぷりを酷《ひど》く痛感した。

「で、でも、友達が沢山できて陽キャ街道まっしぐらだって自慢げに言ってたじゃないか！」

「あれはちょっと、そ、その……調子に乗っていただけですっ。先輩に自慢したかっただけですっ。うう……調子こいて、すみません！」

君鳥ちゃんは顔を真っ赤にして涙目で頭を下げた。……少し涙が流れていた気がするのは見なかったフリをしておこう。

「……けほん」

気恥ずかしそうに咳払《せきばら》いをして、君鳥ちゃんは開口する。

「というわけで、私のコミュ力が高かったのは小学生の時だけです。自分で言うのも悲しいですけど、今の私は完全無欠の陰キャですから。仮に、眠れるようになったからといってこれは変わりません」

「……そ、そうか」

「なので、今回の先輩の行動は何もかも裏目で、あんぽんたんだったということです」

独りよがりに暴走して、何もかもが空回りして、外村にもお節介を焼かせて、君鳥ちゃんをこんなにも困らせてしまったことをオレは後悔した。……いや、こうやってグダグダと過ちを悔いるだけでは何も変わらない、と、もはや後悔すらしていなかった。

目が赤くなっている君鳥ちゃんを真《ま》っ直《す》ぐ見つめて、オレは深く頭を下げた。

「情けないことをしてしまった……すまない」

「まぁ、いいですよ。先輩が情けないのはいつものことですし。それに、私も言いたいことをズバズバ言えてスッキリしましたから。持ちつ持たれつです」

「……ありがとう」

思い返してみれば、オレ達の関係性は最初から不純なものだった。

オレにとっての始まりは、不眠症を治してもらうため。それと、下心。

君鳥ちゃんにとっての始まりは、眠らない夜の道連れ。

互いに利用し、利用される、それだけの不純極まりない関係性だった。それが少しずつ結びつき、時に綻び、時に絡《から》まり、いつの間にかほどけない奇妙な絆《きずな》になっていった。恋人でも、友達でも、普通の先輩後輩でもない、名称不明の都合の良い関係性へと。

ぬるま湯のような甘い日々だった。

でも、オレは煩悩が暴走して君鳥ちゃんを傷つけてしまうことが怖くて、君鳥ちゃんの足を引っ張ることを恐れて、あんぽんたんな計画を実行してしまった。ついさっきまでのこととはいえ、我ながらまったくもって反吐《へど》が出る。

オレはずっと逃げていた。

二人の関係性に恐怖を感じたのも逃げていたからだ。

こんなに可愛《かわい》くて、優しくて、えっちな後輩の女の子と夜な夜な二人きりで遊んで、あまつさえ添い寝をしている毎日があまりにも都合が良すぎたから。いつか、この幸せな夢が悪夢に反転してしまうかもしれない、という恐怖からオレは逃げ出したのだ。

君鳥ちゃんのために、というクソみたいな綺麗事《きれいごと》を盾にして。

「……せんぱい？」

押し黙っていたオレを見つめて、君鳥ちゃんは小首を傾《かし》げた。

「君鳥ちゃん、オレはキミのことが好きだ」

これまでずっと自分の心の奥底に押し潰してきた思いをオレは唐突に、言葉にした。

君鳥ちゃんは目を見開いて、口をあんぐりと開けて固まっていた。話の流れをぶった斬って突然告白されたのだ、そりゃそうなるだろう。

でも、オレはもう逃げることをやめたから。

日に日に肥大化していく煩悩から目を背けることをやめたんだ。

「あえて、もう一度言おう。君鳥ちゃん、オレはキミのことが好きだ」

オレはもう、逃げない。

その上で、煩悩を受け入れる。

二人の関係性に名前を付けるために。

「普通の先輩後輩としてではなく、友達としてでもなく……異性として、好きだ。でも、この感情の正体をオレはハッキリとわかってはいない。もしかしたら、ただの純度百パーセントの性欲かもしれない。瑞城さんの時と同じように、君鳥ちゃんの顔が好きだから、おっぱいが大きいから、えっちなことをしたいから、そんな下品な性衝動かもしれない。

……だから、オレはこの感情を恋愛感情と言い切ることはできない」

オレは真っ直ぐ、心の奥底からの言葉をあますことなく吐き出した。

「それでも、オレは君鳥ちゃんのことが大好きだ」

自分勝手なことはわかっている。最低なことも重々承知だ。少しはオブラートに包むべきだったかもしれない。青春映画の主人公なら、もっと爽やかな告白をするだろう。でも、オレにはこうするしか思いつかなかったから。……なんて、言い訳でしかないんだろうけど。


君鳥ちゃんのために、という薄っぺらい綺麗事じゃなくて——

——オレのために、という煩悩まみれの言葉。

無我の境地とは正反対の、言うなれば……エゴの極地だ。

「オレにとって君鳥ちゃんは特別な存在だから」

清々《すがすが》しいほど開き直ったオレの顔を見て君鳥ちゃんは吹き出した。

「ふふっ。……めちゃくちゃですね、先輩。話の流れも、文脈も、お構いなしに愛の告白

をしてくるなんて面食らっちゃいました。流石《さすが》は、ラリアット先輩。まさに、私の心にラリアットです」

と言ったあと、君鳥ちゃんは「あ、私の心にラリアットって発言は忘れてください。恥ずかしいので」と早口で訂正を付け加えた。

「性欲か恋愛感情か言い切れないだなんて、そんなこと思ってたとしても言わなくていいんですよ。適当に嘘《うそ》っぱちを並べて、それっぽいことを言っておけば丸く収まったのに。……まぁ、先輩らしいですけど」

ため息を吐き出し、君鳥ちゃんは目を細めて微笑《ほほえ》んだ。

「しかし、このまま普通にお返事をしても先輩に押し切られてしまったみたいで癪《しゃく》ですね。かといって、ゴチャゴチャと御託を並べてもしかしもカカシもバッカルコーンです。というわけで、私から先輩に言うべきことはたった一言です」

大きく息を吸い込んだあと、君鳥ちゃんは一歩踏み出してオレの体に身を寄せた。そして、口元に手を当てて、上目遣いでオレを見つめて、優しい声色で甘く囁《ささや》いた。

「一緒に寝たいんですよね、せんぱい？」

★　★　★

雲一つない夜空に満天の星が煌《きら》めき、眠りについた真夜中の町をしんみりと照らす。ほんの少し前まで熱帯夜に苦しんでいたことが嘘みたいに涼やかで、澄み切った空気がとても心地良い。暑くもなく、寒くもない、丁度良い塩梅《あんばい》の気候は深夜徘徊《はいかい》にピッタリだ。

そんな清々しい深夜の比辻野《ひつじの》市をオレは——オレ達は、まったりと歩いていた。

「先輩、知っていますか？」

近所迷惑にならないよう、君鳥ちゃんは声を潜めながらオレに問いかけた。

「購買で売っている焼きそばパン、めっちゃくちゃ美味《おい》しいんですよ！」

「へ、へぇ～」

「この前たまたま食べたんですけど、想像を絶する美味しさにびっくりしてしまいました。ギトギトの焼きそばとふわふわのパンが織りなすハーモニーが最高なんです！　カップ焼きそばから浮気《うわき》してしまいそうになっちゃいました」

「そ、それは大変だなぁ……っ」

会話の内容は至って普通であるにも拘《かか》わらず、オレの声は変に上ずっていた。正直、会話の内容もほとんど上の空だ。嬉々《きき》として喋《しゃべ》っている君鳥ちゃんには大変申し訳ないが……こればかりはしょうがない。

何故《なぜ》ならば、今、君鳥ちゃんとオレは手を繋《つな》いで歩いているのだから！　君鳥ちゃんの右手と、オレの左手がギュギュッと！　しかも、指と指を絡ませるという非常に密着率の高い繋ぎ方であるからして！

オレの煩悩《ぼんのう》は見事に有頂天！

ああ、君鳥ちゃんの手の柔らかさたるや筆舌に尽くしがたし。

全神経が左手に集約しているせいで、オレの本体は左手なんじゃないかと錯覚してしまいそうになる。

夏祭りの夜にも手を繋いだが、あの時は色々と切羽詰まっていたから今とは状況が異なるのだ。……しまった。夏祭りのセンシティブな思い出が蘇《よみがえ》って余計に情緒がグチャグチャに乱れてしまった。

「先輩、聞いてます？」

「ほおあっ！　き、聞いているぞ勿論《もちろん》！　……パンツの話、じゃなかった！　パンの話だよなッ、うむ！」

手を繋いだまま、上目遣いで君鳥ちゃんは首を傾げた。

くぅ……その無垢《むく》な表情が更なる煩悩を刺激する……ッ！

「パンといえば、ちくわパン食べたことあります？」

「え？　あ、ああ、丁度……昼間に食べたな」

「おお！　奇遇です！　私も食べたんですすけど、すっごく美味しいですよね！　ちくわとパンって合うのかなーって不安だったんですけど、完全に杞憂《きゆう》でした！　ちくわの歯応えと、みっちり詰まったチーズのボリュームがベストマッチです！」

ハイテンションで幸せそうに語っているところ申し訳ないが……心の中でツッコミを入れさせてほしい。

君鳥ちゃん。

真夜中に二人きりで手を繋いで歩いているというのに、なんで購買のパンの話を熱く喋っているんだ！　オレは一体全体どういう気持ちでいるのが正解なんだ！

そういえば……よくよく思い返してみたら、昼休みに勢いで告白したけど君鳥ちゃんからちゃんとした返事をもらっていないんだった。あの時の反応や、こうして自然な流れで手を繋いでいることから安心しきっていたが……もしかして、君鳥ちゃんはオレのことなど何とも思っていないのだろうか？

それとも、君鳥ちゃんにとって手を繋いで歩くことはパンの話よりも些細《ささい》で他愛《たわい》もないことなのだろうか？

もしくは、新手のおちょくりなのかもしれない……！

そんな不安を感じた瞬間、オレは思わず手を握る力をギュッと強めてしまった。

「ほゃん！」

君鳥ちゃんは今まで聞いたことのない声を上げて、目をパチクリさせた。手を握る力が強まって痛かった、というわけではなく、純粋にビックリしたのだろう。さっきまで流《りゅう》暢《ちょう》に喋っていたパンの話も「ち、ちくわ美味しいですよね、あのパンと……ちくわのアレが……えへ、えへ」と一気にしどろもどろになっている。

どうやら君鳥ちゃんも手を繋ぐことには緊張していて、パンの話をすることで無理矢理感情を抑えつけていたのだろう。と、オレはさっきの下らない不安を呑《の》み込んだ。

「あ、ちくわといえば、先輩の下半身ですね」

連想の仕方が嫌すぎるな……。

「ねぇ、先輩。お昼の話の続きですけど、あの全裸写真って本当にネットで晒《さら》しても良《い》いんですか？」

「い、良いわけないだろッ！」

いつもの調子でおちょくられ、いつものようにツッコミを入れ、オレ達はいつものように笑い合った。

★　★　★

君鳥ちゃんの部屋でオレは一人、例によって例のごとく結跏趺坐《けっかふざ》を組んでいた。

心頭滅却！　明鏡止水！　無念無想！　と、オレは無我の境地に至るべく何度も深呼吸を繰り返した。

煩悩を受け入れると言ったとはいえ、今ここで暴走させるのはナンセンス。煩悩は常にＴＰＯを弁《わきま》えなくてはならないのだ。

しかし、息を吸うたびに柑橘《かんきつ》系の爽やかな香りで煩悩が余計に刺激されるのを感じ、深呼吸をするのは失敗であることに気がついた。むしろ墓穴を掘ってしまった気がする。

「ふぅー……」

息を吐き出し、オレは結跏趺坐を組み直して頬をぱちん！　と叩《たた》いた。

気合いを入れて冷静になったつもりが、神経が研ぎ澄まされてしまい、風呂《ふろ》場から微《かす》かに聴こえる水の音に気づいてしまった。それは、シャワーの音。……そう、君鳥ちゃんは今、シャワーを浴びているのだ。

告白して、手を繋いで歩いて、そして、シャワーを浴びている君鳥ちゃんを部屋で待つオレ……という状況から導き出される答えはどう考えても、何度頭を捻《ひね》っても、たった一つしか思い浮かばなかった。

綺麗《きれい》に整頓されたベッドを一瞥《いちべつ》し、オレは頬を伝う汗をゆっくりと拭った。

……考え過ぎなのだろうか？

なんでもかんでもエロスに結びつける思春期特有の思い違いだろうか？

童貞をこじらせた末の都合の良い妄想だろうか？

それとも、やはりオレの考えは合っていて、この後ついに君鳥ちゃんとアレをアレしてアレってしまうのだろうか？

期待と疑惑が混ざり合って頭の中がぐるぐると渦巻き、どうしようもなくこんがらがっていく。

理性が崩壊するのを必死に押し留めながら、オレは部屋の中をぼんやりと見渡した。

添い寝する時、般若心経《はんにゃしんぎょう》を唱えながらいつも見つめていた乳白色の天井。何度も敗北を喫した因縁のゲーム。いつぞやの夜、パンツを物色した思い出深い収納ボックス。いつもの大盛りカップ焼きそばが入っている段ボール。ガラスのローテーブルの上には片付け忘れていたボードゲームが散らばっている。

そして、部屋の片隅に我が物顔でそびえ立つ真っ赤な消火器。初めて部屋を訪れた時は女の子の部屋にそぐわない異様さにビックリしたものだが、今は君鳥ちゃんの部屋といえばコレ！　というイメージとして定着している。

更に、消火器の横に置かれている木製の棚に堂々と並べ奉《たてまつ》られたぬいぐるみ達。かつてベッドに散乱したり、クローゼットにギュウギュウに押し詰められたり、と散々な扱いだったが今は君鳥ちゃんにとても可愛《かわい》がられて大切にされている。

確か、あのタコの名前はイカロスだったな。クリオネのクリちゃんが大事にされていて嬉《うれ》しいな。と、穏やかな気持ちでオレはぬいぐるみ達を眺めた。

どれもこれも、この四ヶ月間いつも見てきた——見慣れた光景のはずだった。しかし、今日はどこか違った印象に見えて仕方がなかった。天井の色が変わったとか、ぬいぐるみの位置がズレているとか、そういうわけではなくて。むしろ、部屋自体は何も変わっていない。

ただ、オレの受け取り方が変わったのだ。

煩悩諸共に己の過《あやま》ちを受け入れて、勢い任せの告白をしでかして、真夜中の町を君鳥ちゃんと手を繋いで歩いて。

きっと、オレ達の関係性はこれまでとは別物になったから。

……オレの先走りの勘違いでなければ、だが。

ぶぉ〜ん、と風呂場からドライヤーの音が聴こえてきた。髪を乾かしているということは、もうそろそろ君鳥ちゃんがやってくるということだ。

がぉるる、と喉が獣の唸《うな》りのような音を鳴らした。

「ふーっ……」

再び息を吐き出し、結跏趺坐を崩してオレは静かに立ち上がった。が、すぐに何をするわけでもなく腰を下ろした。しかし、手持ち無沙汰でそわそわしてしまい、再び意味もなく立ち上がった。

と、何度も落ち着きなく立ったり座ったりを繰り返していると――

「お待たせしました」

――お風呂上《ふろあ》がりの君鳥ちゃんがオレの前に腰を下ろした。

「何してたんですか、せんぱい？」

「い、いや、特に何も――」

オレは言葉を詰まらせながらも、お風呂上がりの君鳥ちゃんの姿をしかと目に焼き付けた。ほんのりと濡《ぬ》れそぼった髪の毛が非常に色っぽく、オリーブ色のパーカーから伸びる湯上がりの素足があまりにも艶《なま》めかしい。

タレ目が少し潤み、頰が僅かに紅潮しているのはお風呂上がりだからだろうか。それとも、君鳥ちゃんもオレと同じ期待と不安でぐるぐるしていたのだろうか。

などとウダウダ考えていると、君鳥ちゃんがムッとした表情でオレの顔を見つめていることに気がついた。

「先輩、ジロジロと見過ぎです」

「す、すまん……！」

「いつもは真っ先におっぱいを見る癖に、今日は脚を……下半身を重点的に見てましたね。ねぇ、せんぱい？」

「うっ！」

心の中を見透かすようなジト目と、サディスティックな笑顔で迫られてオレはたじたじになった。

「どうしてですか、先輩」

「え？」

「私の下半身をガン見していた理由を聞いているんです。ちゃんと答えてくれないと、私……怒っちゃいますよ」

そう言って君鳥ちゃんはニマニマと笑い、オレの頬を指先で突っついた。

「そ、それはその……つまり、だな……」

「ふふっ」

「湯上がりの君鳥ちゃんの素足が艶めかしくて……」

「なまめかしい！」

意を決して放ったオレの言葉に対し、君鳥ちゃんはクワッと目を見開いて驚いた。

「そ、そんなにダイレクトに言われるとは思っていませんでしたが……ちゃんと答えてくれたので良しとしますっ」

自らの太ももを手でさわさわしながら、君鳥ちゃんは赤く染まった頬を緩めた。

「こほん」

わざとらしく咳払《せきばら》いをして君鳥ちゃんは立ち上がり、オレの袖を引っ張った。

「いつまでも座ってないで、立ってください。ほら、先輩」

「あ、ああ……」

言われるがままに立ち上がったオレを最大級にニヤニヤした笑顔で見上げ、君鳥ちゃんは目を細めた。そして、背伸びをしてオレの耳元に顔を近づけ、吐息混じりの甘い声色で囁《ささや》いた。

「そろそろベッドインしましょうか」

意味深な言い方をするんじゃない！　と、ツッコミを入れる野暮なことは今のオレには

――いや、今のオレ達にはできなかった。

……。

そして、オレはベッドに横たわっていつもの乳白色の天井を見上げた。

「ふふっ。何とも言えない表情をしていますね」

オレの顔を見下ろし、君鳥ちゃんもベッドに腰を下ろした。

「お隣失礼します」

そして、君鳥ちゃんはふわりとオレの右隣に横たわった。

「先輩、ドキドキしていますか？」

「……ああ。勿論《もちろん》だ」

「ふふっ、正直ですね」

「君鳥ちゃんは……ドキドキしているのか？」

「……さぁ、どうでしょうか？」

「なんだよ、それ」

「もー、拗《す》ねないでくださいよ」

「拗ねてはいない」

「え～、でもでも寂しそうな声色でしたよ？」

「聞き間違いだ」

「ふふっ。本当、先輩はわかりやすくて可愛いですね」

「……」

「あ、黙っちゃった。ふふっ。じゃあ、お詫《わ》びとして質問にちゃんと答えますね」

「……ああ」

「私、ドキドキしてますよ。たぶん、先輩以上に」

オレはハッとして頭を右に向けた。

こっちに顔を向けていた君鳥ちゃんと丁度、目が合った。

電気を消しているせいで見え辛《づら》いが、君鳥ちゃんは恥ずかしそうに微笑《ほほえ》んでいた。

「ふふっ」

「ははっ」

互いの吐息が混じってくすぐったくなるような笑い声を上げ、オレ達はベッドの上で他愛《たわい》もない話題に花を咲かせた。パンの話、外村に薦められたアニメの話、お互いの陰キャエピソード、明日の朝ごはんの話………話は尽きることなく、いくらでも続けることができた。

しかし、いつの間にか言葉数が少なくなっていき、やがて、お互いに顔を見つめたまま黙り込んだ。

安らかな静寂の中、時間がまったりと過ぎていく。

……。

君鳥ちゃんと見つめ合っている内に、下腹がマグマのように熱く煮《に》え滾《たぎ》り、煩悩《ぼんのう》がこれまで以上にムクムクと肥大化していることに気がつき、オレは脊髄反射で脳内にいつものヤツを轟《とどろ》かせた。

仏説摩訶般若波羅蜜多心経
観自在菩薩
行深般若波羅蜜多時
照見五蘊皆空　度一切苦厄
舎利子　色不異空　空不異色
色即是空　空即是色
受想行識　亦復如是
舎利子　是諸法空相
不生不滅　不垢不浄　不増不減
是故空中　無色無受想行識

無眼耳鼻舌身意　無色声香味触法
無眼界　乃至無意識界
無無明――いや、もういい。

と、オレは頭の中で般若心経《はんにゃしんぎょう》を唱えるのをやめた。

これまでの生活で煩悩を抑えることが癖になって、般若心経を唱えることが体に染《し》みついてしまっていたことを改めて実感する。最初はボーカロイドの般若心経を何となく聴き始めただけだったのに、いつの間にか暗記して、呼吸をするようにスラスラと唱えられるようになっていた。

しかし、それも今日までだ。

君鳥ちゃんに思いを伝えて、煩悩を受け入れる決意をしたのだから。

般若心経はもう、オレには必要ない。

これまで散々お世話になった般若心経に心からの感謝の思いを込めて、オレは晴れやかな気持ちで別れを告げた。

さようなら、般若心経。

そして、オレは君鳥ちゃんの顔を真《ま》っ直《す》ぐ見つめて……ゆっくりと身を寄せ合った。

エピローグ

ちゅんちゅん、と可愛《かわい》らしい小鳥のさえずりを聴きながらオレはググーッと伸びをした。

「ふわぁ～」

少し寝不足気味で全身に疲労感が残っているが、そんなことがどうでもよくなるくらい最高の気分だ。窓から差し込む日差しが清々《すがすが》しくて気持ちが良《い》い。今なら世界中の全てを平等に慈《いつく》しめそうな気がする。

コンビニで新しく買っておいた歯ブラシで歯を磨きつつ、冷蔵庫の中を物色する。ペットボトル飲料が数本と、ケチャップとモッツァレラチーズとちくわと……おっ！　生卵があるじゃないか、とオレはテンションを上げた。

がらがらがらがら……ぷぇっ。

歯磨きを終えて口をゆすぎ、オレはパックのごはんを電子レンジにセットした。

ボーッと昨夜の思い出に浸りながら待っていると、チン！　という軽快な音が鳴り響いた。できあがったごはんを手に取り、用意しておいた生卵をかけて割り箸でかき混ぜる。

更に、お気に入りのだし醤油《じょうゆ》をたっぷりとぶっかけて……完成したたまごかけごはんを部屋に運んだ。

「朝ごはんできたぞー」

ガラステーブルの上にたまごかけごはんを置いて、ベッドの上でうずくまっている君鳥ちゃんを揺さぶった。

「ほわわわ」

あくびなのか呻《うめ》き声なのか絶妙にわかり辛い声を上げて君鳥ちゃんはもそもそと起き上がった。オレより先に目を覚まして歯磨きをしていたはずなのだが、朝のベッドの魔力に吸い込まれるようにして二度寝をしてしまったらしい。

「大丈夫か？」

「ほむぇ」

君鳥ちゃんの返事は肯定なのか否定なのかどっちともつかない寝ぼけた言葉だった。寝起きでふにゃふにゃな君鳥ちゃんも実に可愛らしく、一生見守っていたい気持ちに駆られてしまう。

「ふわわわ！」

たまごかけごはんが目の前にあることに気がつき、君鳥ちゃんは今度は明確に歓喜とわかる声を上げて目をカッと見開いた。

「朝ごはん！　先輩！　おはようございます！」

「ああ、おはよう」

食欲によって頭が覚醒した君鳥ちゃんに箸を渡し、オレは朗らかに微笑んだ。

「では早速、いただきますっ！」

行儀良く両手を合わせてお辞儀をしたあと、凄《すさ》まじい勢いで君鳥ちゃんはたまごかけごはんを食べ始めた。まるで、三日は何も食べていなかったんじゃないかと思ってしまうほどの食べっぷりが相変わらず気持ちが良い。

「んぅ〜！　めちゃくちゃ美味ですっ。やっぱり、朝はコレですよね！」

たまごかけごはんを口いっぱいに頬張り、君鳥ちゃんは幸せいっぱいな満面の笑みを浮かべた。

「先輩、おかわりをお願いします！」

綺麗《きれい》に食べ終えた器を差し出し、元気溌剌《はつらつ》に君鳥ちゃんはおかわりを所望した。

「あ、えーと……すまん。もう卵がなくて……」

オレの言葉をいまいち理解できない——いや、理解したくない君鳥ちゃんは呆《ほう》けた顔で小首を傾《かし》げた。

「つまり、どういうことですか？」

「……おかわりはできない、ということだ」

心苦しい思いで真実を告げたオレの顔をまじまじと見つめ、君鳥ちゃんは口をぱくぱくさせてしばらく硬直した。余程ショックだったのか、現実を受け止めることができていないようだ。

「……」

五分程度経《た》って、おかわりができないことをやっと呑《の》み込んだ君鳥ちゃんは「がびーん！」と情けない擬音を口にして弱々しく項垂《うなだ》れた。

ぐぅ〜ッ！

「あ。おなか鳴っちゃいました」

恥ずかしそうにおなかをさすり、君鳥ちゃんは未練がましそうに空っぽになった器を見つめた。が、すぐに何かを閃《ひらめ》いた表情で立ち上がり、段ボール箱をガソコソと漁《あさ》り始めた。

「ふふっ。困った時のカップ焼きそばです！」

君鳥ちゃんはドヤ顔で定番の大盛りカップ焼きそばを高らかに掲げた。朝起きたばかりだというのに――しかも、たまごかけごはんを食べたばかりなのに、大盛りカップ焼きそばを食べるなんて流石《さすが》は君鳥ちゃんだ、とオレは無性にほっこりした。

「そう言うだろうと思ってたから、すでにお湯は沸かしてあるぞ」

君鳥ちゃんに負けじとドヤ顔でオレは電気ケトルを高らかに掲げた。

「おお～！　ナイスです！　これまで先輩のことをムッツリスケベの煩悩クソ野郎だけど、いざとなると腰が砕けてしまう軟弱者の仮性包茎マゾヒストだと思っていましたが、少しは見直しました！」

「朝っぱらから罵詈雑言《ばりぞうごん》が酷《ひど》い」

何よりも、言い訳がまったくできないのが酷い。

「先輩も食べます？」

オレの返事を待つことなく、君鳥ちゃんは二つのカップ焼きそばの準備を進めていた。

おそらく、オレが食べなかったら二つとも食べるつもりだろう。

「そうだな。折角だし、オレも食べようかな」

昨日は色々とハッスルしたことだし、朝からガッツリとエネルギーを補給するのも良いかもしれないな、とオレは頷《うなず》いた。

「良い心がけです。先輩にはもっと体力を付けてもらわないと困りますからね」

「そ、それはどういう意味だ？」

問いかけたオレに言葉を返す代わりに君島ちゃんは目を細めてニヤニヤと笑い、グッと距離を詰めてきた。更に、キスをしそうな勢いで耳元に顔を寄せ、吐息をたっぷり込めて甘く囁《ささや》いた。

「えっちな意味ですよ」

君島ちゃんの放った蠱惑《こわく》的な言葉の刺激と、耳の中に溢《あふ》れる吐息の気持ち良さで理性はあっという間に崩壊し、煩悩が一気に膨れ上がっていく――。

「今夜も寝かせませんからね、せんぱい？」

朦朧《もうろう》とする意識の中で垣間見《かいまみ》えた君島ちゃんの表情はとても幸せそうだった。

あとがき

あとがきの書き方がわからない。

どうも、井森奇恋《いもりきれん》です。

優柔不断な性分なもので、「自由に書いていいよー」と言われるあとがきほど大変なものはありません。デビュー作の一巻は自己紹介と謝辞をかしこまった形で書かせていただきましたが、流石《さすが》に二巻目になるとそうもいかず……。かといって、はっちゃけたノリノリのあとがきを書くほどの度胸もなく……。どうしたものかと頭を捻《ひね》らせて数時間……開き直って自分の好きなものをまったりと書くという答えに辿《たど》り着《つ》きました。

てなわけで、今回のあとがきは僕の好きなゲームをのんべんだらりと書かせていただきます。

僕にとって執筆作業の休憩中に欠かせないモノこそ、ゲームです。特に、ダンジョンRPGやローグライトなどのリプレイ性の高いゲームを淡々とプレイすることで疲れた脳を癒やしています。レベルやアイテムをコツコツと稼いでいく作業感がたまらなく大好きです。大味なゲーム性だと更に大好きです。

本作を書いている間にプレイしたゲームは……『サンセット・ルート』『IratuS：Lord of the Dead』『モン娘《むす》ぐらでぃえーた』『Peglin』です。どのタイトルも最高に面白くて素晴らしかったのですが、中でも『サンセット・ルート』は別格にハマりました。淡々と稼いで税金を払って、ひたすら稼いで税金を払って……を繰り返すシンプルな貿易ゲームなのですが、そのシンプルさゆえのリプレイ性が最高で！　必要最低限の情報で世界観を想像させる雰囲気も素晴らしくて！　ハシビロコウが来た時の喜び、そして、船をペンギンで埋め尽くす快感たるや！　……っと、ついつい熱がこもってテンションが高くなってしまいました。失敬、失敬。

ネクロマンサーになってゾンビ軍団で勇者共を屠《ほふ》っていく『IratuS：Lord of the Dead』や、可愛《かわい》いモンスター娘をひたすら育てる『モン娘ぐらでぃえーた』や、ピンボール×デッキ構築の『Peglin』についての感想も書き連ねたい気持ちでいっぱいですが……ページがいくらあっても足りないので、泣く泣く割愛させていただきます。

ちなみに、このあとがきを書いている現在は『世界樹《せかいじゅ》の迷宮Ⅰ・Ⅱ・Ⅲ HD REMASTER』を絶賛プレイ中です。ダンジョンRPGの名作『世界樹の迷宮』がHDリマスターになって、しかも初代とⅡとⅢがセットになって、今の時代にプレイできるなんて……！　感動と感謝を噛《か》み締《し》めながらずーっとプレイしています。しばらくゲームを買う必要ないんじゃないか、というほどの充実っぷりです。と言いつつ、面白そうなゲームを見つけたらホイホイ買うんですけど。

『世界樹の迷宮』の移植に続き、『ダンジョントラベラーズ』も移植されましたし、マイフェイバリットゲームの『神獄塔メアリスケルター』もＳｔｅａｍに移植予定ですし、ここ最近ダンジョンＲＰＧの波が来ているのでは！　と、一人ワクワクしております。いやぁ、熱い！

…………流石に好きなことを好き放題書きすぎたので、ここら辺で区切らせていただきます。ラブコメのあとがきとは到底思えない内容で恐縮ですが……それはそれとして、このノリならあとがきがとても書きやすいことがわかったので、次回作以降もこの方向性でバリバリ書いていく所存です！（担当さんが許してくれる限り）

さてさて、ここからは襟を正して、お世話になった皆様へのお礼の言葉を綴《つづ》らせていただきます。

豊富な知識と経験でいつも支えてくれる担当編集のＯさん、夏の魅力たっぷりの君鳥《きみどり》ちゃんを具現化してくださったイラストレーターのむにんしき先生、君鳥ちゃんに素敵すぎる声を授けてくださった声優の上田麗奈《れいな》さん、コミカライズを担当していただく漫画家のみんたろう先生、ファンタジア編集部の皆様、アライブ編集部の皆様、営業部の皆様、デザイナー様、校正様、印刷所の皆様、本作に携わってくださった皆々様、誠にありがとうございます。

熱く応援してくれるKくん、沢山話し相手になってくれるIさん、新鮮な経験を与えてくれるKさん改めYさん、見守ってくれる家族へ……この場を借りて感謝の気持ちを伝えさせていただきます。いつもありがとう。

そして、読者の皆様。

本作をお手に取っていただき、煩悩《ぼんのう》まみれの少年と毒舌後輩女子の物語を見届けてくださり、更にはあとがきまで読んでいただき、ありがとうございます！

皆様への感謝の思いを胸に刻み、高みを目指して今後とも精進して参ります。

お便りはこちらまで
〒一〇二―八一七七
ファンタジア文庫編集部気付
丹森奇恋（様）宛
むにんしき（様）宛

富士見ファンタジア文庫

「一緒《いっしょ》に寝《ね》たいんですよね、せんぱい？」と
甘《あま》くささやかれて今夜《こんや》も眠《ねむ》れない2

令和5年7月20日　初版発行

著者――井森《いもり》奇恋《きれん》

発行者――山下直久

発　行――株式会社KADOKAWA
〒102-8177
東京都千代田区富士見2-13-3
0570-002-301（ナビダイヤル）

印刷所――株式会社暁印刷

製本所――本間製本株式会社

本書の無断複製（コピー、スキャン、デジタル化等）並びに無断複製物の譲渡および配信は、著作権法上での例外を除き禁じられています。また、本書を代行業者等の第三者に依頼して複製する行為は、たとえ個人や家庭内での利用であっても一切認められておりません。

※定価はカバーに表示してあります。
●お問い合わせ
https://www.kadokawa.co.jp/（「お問い合わせ」へお進みください）
※内容によっては、お答えできない場合があります。
※サポートは日本国内のみとさせていただきます。
※Japanese text only

ISBN978-4-04-075063-7 C0193　◇◇◇

©Kiren Imori, Muninshiki 2023
Printed in Japan

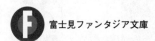

これは世界を救う
久遠崎彩禍。三〇〇時間に一度、滅亡の危機を迎える世界を救い続けてきた最強の魔女。そして──玖珂無色に身体と力を引き継ぎ、死んでしまった初恋の少女。
無色は彩禍として誰にもバレないよう学園に通うことになるのだが……油断すると男性に戻ってしまうため、女性からのキスが必要不可欠で!?
シン世代ボーイ・ミーツ・ガール!
王様のプロポーズ
1
King Propose
橘公司
Koushi Tachibana
[イラスト]──つなこ

最強の初恋
シリーズ
好評発売中!
ファンタジア文庫

切り拓け！キミだけの王道
ファンタジア大賞
原稿募集中！
賞金
《大賞》300万円
《金賞》50万円
《銀賞》30万円
選考委員
細音啓「キミと僕の最後の戦場、あるいは世界が始まる聖戦」
橘公司「デート・ア・ライブ」
羊太郎「ロクでなし魔術講師と禁忌教典《アカシックレコード》」
ファンタジア文庫編集長
前期締切 8月末日
後期締切 2月末日
公式サイトはこちら！ https://www.fantasiataisho.com/
イラスト／つなこ、猫鍋蒼、三嶋くろね